越智月子

不惑《ふわく》ガール

実業之日本社

JN128922

実業之日本社文庫

目次

不惑ガール　5
解説　青木千恵　316

不惑ガール

1

ゆっくりと息を吐き出したときだった。穏やかな午後の空気を打ち破るようにサイレンが聞こえてきた。救急車がマンションのすぐそばの府中《ふちゅう》街道を猛スピードで走っている。近所で飼っている柴犬《しばいぬ》がうぉーんと吠《ほ》えている。けたたましい音が近づいてきた。高血圧で倒れたおじいちゃんがあの車で運ばれているのだろうか。それとも高熱を出した赤ちゃん？　車に接触して撥《は》ね飛ばされた若者？　もしかして愛人宅で心臓発作を起こしたおじさんだったりして？　昔からこの音を聞くと、頭の中で赤いランプが点灯して、不吉な連想がとまらなくなる。

でも、今はそれよりもあたしの体。この不調のほうが問題だ。

もう一度、最初からやり直し。

右足に重心をかけ、両腕を上にあげた。左手首をつかみ、恐る恐る天井に向かって引っ張りあげてみる。よかった。なんともない。今度は、そおっと左足に重心を移した。さっきと同じ要領で右手首をつかみ引っ張りあげようとしたとき、背中の左側、肩甲骨の下あたりに鈍い痛みが、ずーんと走った。

思わずその場にへたりこんでしまった。薄手のレギンスからフローリングの冷たさが伝わってくる。本当なら、今の動作を三回繰り返して、そのあと、俯《うつぶ》せになってお尻を突き出したり上半身を反らしたりするはずだった。でも、ちょっと背筋を伸ばしただけでこの痛みだ。

ダイニングテーブルの上のノートパソコン画面に眼がいく。

〈背中の痛みにはストレッチがとても効果的です。ふだん、あまり体を動かさないという人はストレッチをしてみてください。実践してみるとわかるはずですが、このわずかな動きだけで体がとても楽になります〉

あたしにはなんの効果もなかった……。

風がリビングの窓をカタカタと揺らす。立ち並ぶマンション群の上に薄い雲がたなびいている。

春なのに　春なのに

ため息　またひとつ

春っていうか、もう初夏なのに、なぜか中島みゆきの歌が浮かんできて、苑子《そのこ》もため息をつく。

いったいあたしの体はどうなってしまったのか。

ゆうべ、食器を洗っているときだった。なにかに強く圧《お》されたような痛みを背中に感じて、洗いかけのコップをシンクに落としてしまった。

百円ショップで買ったコップは思ったよりも頑丈で無事だった。

でも、肝心の痛みはしばらく経《た》っても消えなかった。これまで肩が凝ったり腰が重かったりすることはあっても、背中が痛くなるなんてことはなかった。四十三年間生きてきて初めてのことだった。

「あたし、背中がなんかに圧されたみたいに痛いんだけど……」

夜遅く帰ってきた夫の浩介《こうすけ》に相談してみたけれど、あの人ときたら、「ふーん」と言ったきり、ソファに寝転がった。プロ野球ニュースに夢中で、ドラフト一位の××がどうのこうのとぶつぶつひとり言を言っていた。妻の不調より野球の結果のほうが気になるというのか。

「ねぇ、聞いてる?　背中にね、すごい圧迫感があってツライの。ほら、背中の痛みって怖いっていうじゃない」

「そうだっけ？」

三十七度の熱が出れば大騒ぎし、二日便秘が続いただけで「大腸癌《がん》かも……」と顔面蒼白《そうはく》になる浩介はテレビから視線を離そうともしなかった。

「こんなに苦しんでるのに、そうだっけ？はないでしょ」

文句を言うとようやくこっちを向いた。

「じゃあ、ただの太りすぎじゃねぇか」

まったく……。

「パパったら、ひどいの。ママの背中の痛みを体重のせいにするのよ」

浩介よりさらに遅く飲み会から帰ってきた大学生のひとり娘、結衣《ゆい》にも訴えてみたけれど、欠伸混じりに返ってきたのは、

「ってか、あたしもそう思う。最近デブすぎだって」

心配のシの字もしてくれなかった。

家族は他人のはじまり。結局、頼れるのは自分しかいない。我が身の孤独を思うと余計に痛みが増してきた。とりあえず温めてみたほうがいいような気がして、温熱湿布を貼って寝たけれど、今朝起きても痛みは消えてなかった。

どうして、こんなことになってしまったのか。

苑子は画面に表示されている時間を見た。朝の残りとお茶漬けで簡単な昼食をすませてから、二時間以上パソコンに向かっている。〈背中の痛み〉で検索してみても、なかなか該当する症状が見つからなかった。やっぱりただの筋肉痛かと思い直してストレッチをしてみたら、このザマだ。

ニットの上から腰のあたりの肉をつまんでみた。たぷっと嫌な厚みがある。四十を過ぎたあたりから、それまで着ていた36サイズがきつくなり、38サイズへと移行した。と思ったら、ここにきてそれさえもきつくなりつつある。パンツやジーンズの太もものあたりもぱつんぱつんで、このところレギンスばかり穿《は》いている。でも、もともとが華奢《きゃしゃ》すぎたのだ。肥満というのには、ほど遠い。肥満が痛みの原因なんて考えられない。

じゃあ、いったいこの重苦しさは？

ダイニングチェアに腰を下ろし、キーボードを眺めた。

ひと呼吸おいて、検索欄に文字を打ち込む。〈背中の痛み〉そこでいったん手がとまる。一文字あけて〈こうねんき〉と打って、変換する。〈更年期〉更に年をとる期間……。なんてネガティブな言葉だろう。この言葉を考えついたどこぞの博士は超無神経な男に違いない。しかもスペースキーを叩《たた》くと、〈背中の痛み　更年期症状〉と候補が出た。エンターキーをパシパシ叩く。パソコンの画面が変わる。

〈更年期障害及びストレスからくる背中の痛み〉

〈背中、腰が痛いのはすべて更年期のしわざ〉

〈首、背中の痛み――更年期プチ鬱ブログ〉

次々とクリックして読んでいった。

〈背中が痛いョ～。ズーンと痛い。鍼《はり》やマッサージに行ったし、自分でストレッチやランニングまでしてみたケド、状態はアップダウンの繰り返し。なんじゃこりゃ～？　も、もしや更年期？　でも、こんな症状聞いたことないしぃ～と思っていたら、なんと、ひとつ上の友達が、同じような症状で病院行ったら、更年期って言われたんだって！　ガーン。ってことは、あたしもとうとう更年期突入！　早すぎるよ～〉

四十四歳、「まやまや」という主婦のブログには、十五ものコメントがついていた。〈アタシも痛いのです〉〈辛いんですよねぇ〉〈更年期恐るべし。まだまだ甘いよ〉〈いつまで続くやら……〉読みながら、初夏なのにため息またひとつ。

苑子は天井を仰ぎ見た。

どうして？　先週、四十三歳になったばっかりなのに。

誕生日の朝、電話をかけてきた実家の母だって言っていた。

〈おめでとう、苑ちゃん。今年で四十二歳。えっ、あらやだ四十三歳になったんだっけ？　やだわ、あなた全然老けないから、勘違いしてた〉

実の母だって、間違えるくらい見た目は若いのだ。

三十五を過ぎたあたりから、苑子は自分の年齢に関して、「まだ」と「もう」を使い分けてきた。きょうは、迷わずまだと言いたい。まだ四十三歳、女の人生これからなのに。こんなに早く更年期になるなんて思ってもみなかった。

もちろん三十代後半から調子が悪くなる人もいる、と聞いたことはあった。でも、それはあくまでレアケースだ。普通は五十歳前後になってホットフラッシュが出たり、情緒不安定になったりするもので、自分はその「普通」の部類に入るのだろうとなぜか勝手に信じ込んでいる。

じっとしていると、どんどん気が滅入ってくる。こんな日は甘いものでも食べなきゃ、やっていられない。苑子は冷蔵庫から黄色い長方形の箱を取り出してきた。

ダイニングチェアに腰を下ろし、手にした不二家のルックチョコレートを眺める。家族に「だから太るんだって」と眉をひそめられても、これだけはやめられない。

バナナ・アーモンド・ストロベリー・キャラメル。ひと箱で四つの味が楽しめるこのチョコレートが小さい頃から大好きだった。最初に一種類ずつ食べてそれぞれの美味《おい》しさを味わって残りは大胆にシャッフルする。並び方がバラバラになって、次に何味が出てくるのかいつも楽しみだった。

苑子は残り半分になったチョコレートの中から、ひとつを選び口に入れた。甘くかすかにほろ苦い。キャラメル味だ。心地よい甘さが落ち込んだ心に沁《し》みていく。

一個だけつまんで、やめにしようと思っていたのに、ついまた手が伸びる。噛《か》んだ瞬間、当たり！と思った。今度はストロベリーだった。好きな味に思わずほくそ笑むあたしは昔と変わらない。

そうなのだ。気持ちは昔のままなのだ。なのに体は知らぬ間に老いていた。知らない間に、更年期という長いトンネルに足を踏み入れてしまった。苑子はもうひとつチョコレートを口へ運ぶ。

パソコンはいつの間にか休止状態になっていた。

黒い画面に苑子が映っている。

顔を近づけて頬杖《ほおづえ》をついてみる。つぶらな瞳。高くはないが、こぢんまりとまとまった鼻にぽってりした唇。まわりから苑ちゃん、苑ちゃんとチヤホヤされていた頃の苑子がそこにいる。ああ、時の神様ってなんて残酷なんだろう。どうしてずっとあの頃のままでいさせてくれないの？

月日は瞬く間に過ぎていった。顔を覆っている手をそーっと離した。手の甲で思い切り持ち上げていた肉が露《あら》わになると、あっという間にいつものたるんだ輪郭に戻ってしまった。花の命は短くて……。これが四十三歳の現実なのか。

苑子はふたたび画面をスクロールする。今こうしている間にも、女性ホルモンは減り続けていると思うと気が気でない。

この状態がいったいいつまで続くのか。まるでわからない。これじゃ蛇の生殺しじゃないの。こんな宙ぶらりんな状態に耐えられるほどあたしは図太くない。

現金なもので更年期だと思い当たった途端、背中の痛みはそれほどでもなくなってきた。

でも、代わりに心がずっしり重くなった。

カーソルをふたたび検索欄にあわせた。落ち込んだり、悲しいことがあったりするとどうしてだか調べずにはいられない。

〈あゆかわ〉

すばやく指が動く。なぜ、この女のことが知りたくなるのか。自分でもわからない。今の惨めさとあの女の充実ぶりを比べてみたくなる。我ながら悪趣味だ。わかっているけれど、指は勝手に〈ゆみこ〉と打ち込む。

〈鮎川由美子《あゆかわゆみこ》〉

苑子はエンターキーをパシパシ叩いた。

2

部屋にはドビュッシーのピアノ曲が流れている。

苑子は茶葉の入った透明ポットにゆっくりとお湯を注ぐ。いつもはティーバッグですませるのだけれど、きょうはとっておきのマリアージュ フレールの茶葉を使った。

ポットの中で茶葉が舞い、お湯が飴色《あめいろ》に変わっていく。いい色になってきた。苑子はティーカップに淹《い》れた紅茶をクッキーが盛られた小皿とともにトレイに載せ、ソファに座る谷岡美月《たにおかみづき》のもとへと運んだ。

「こんなものしかありませんけど」

「あ、お構いなく」

苑子が斜向《はす む》かいのソファに座ると、好奇心に満ち満ちた美月の丸い眼が十二畳のリビングをぐるりと見回した。

「すっごくきれいにしてらっしゃるんですねぇ」

当たり前だ。昨日は日曜だというのに掃除に明け暮れたのだから。

三日前のことだ。同じマンションに越してきたばかりの美月とエントランスの前で立ち話をしていたら、何を思ったのか、突然「お宅にうかがってもいいですか」と言い出した。

うちに人が来るのなんて久しぶりだ。壁と窓を磨き、掃除機も二度かけた。でも、そんなことはオクビにも出さない。

「ウチはお宅と違って、買ったときのまんま。リフォームもなーんにもしてないから。あんまり古いんでびっくりしてるんじゃない？」

美月は顔の前で白い手を横に振ってみせた。

「ぜ～んぜん。ここ、築十六年とは思えません。壁も白いまんまだし、床だってピッカピカですもの。やっぱり南向きっていいなぁ。ほら、うちは東向きじゃないですか。だから午後の陽当《ひあ》たりが違うんですね。角部屋二面採光って憧れちゃう」

そう言って窓の外に眼をやる。

美月の家も苑子のところと同じ八十三平方メートル、３ＬＤＫの間取りだったけれど、入居にあたり、リビングの隣の和室を取っ払い、２ＬＤＫにしたという。苑子はよく動く美月の黒目がちの眼を見た。好奇心旺盛なこの女のことだ。おおかた古いバージョンの住まいはどんなものか偵察にきたのだろう。

美月は心持ち上目づかいでこっちを見る。

「あたしって、お掃除下手な人なんです。だから、どうやったら、こんなにきれいに住めるんだろうって。まだ引っ越して一ヶ月も経ってないんで、部屋の中がとっ散らかったまんまなんですけど、山岸《やまぎし》さんを見習ってきれいにしますから。今度は是非うちへいらしてくださいね」

ええ、もちろん。苑子は頷《うなず》きながら心の中で首を傾《かし》げる。そもそも掃除に上手下手なんてあるんだろうか。掃除をするかしないか、気持ちの問題じゃないの？

苑子は優しく微笑《ほほえ》み美月を見つめる。さらさらのショートボブ、たっぷりと塗られたマスカラとしっかり描きこまれたアイライン、嫌味なくらいに真っ白な歯、薄手のニットと同じコーラルピンクのフレンチネイル。三十三歳。まだ子供もいない美月は、部屋よりも自分をきれいに見せることのほうに関心があるようだ。

苑子は頭の中で、美月の顔にクレンジングクリームを塗ってみる。すっぴんにすれば、中の上、いや、中の中といったところか。

「あ、冷めないうちに召し上がってね」

紅茶を勧めながらさりげなく視線を落とした。花柄のパンツに包まれた美月の脚は無駄な肉がない。十年前の苑子のように細くしなやかな脚。顔では負けてないけれど、やはり体は若い女には勝てない。苑子の視線に気づいているのかいないのか、美月はティーカップを持ち上げて、底をのぞく。

「これってウェッジウッドの新作ですよね。いいなぁ、ウェッジウッド。あたしも欲しいのがあるんですよねぇ。でも、高くって……」

苑子は心の中でほくそ笑む。ティーカップは夫が先日、部下の結婚式で引き出物に貰《もら》ってきたものだった。ご祝儀5万円。これでようやく少しモトがとれた。

「あたしも新しい家に移ったから、いろいろ揃えたいんですけどね。あ、そういえば、ゴールデンウィークにダンナと港北のＩＫＥＡに行ったんですよぉ……」

こちらが訊《き》きもしないのに、美月は渋滞の中、二つ年下の夫とＩＫＥＡに行った日のことを、ご丁寧に朝、家を出るところから話し始めた。

この手の女の話はつまらない、そしてくどい。それでも苑子は適当に相槌《あいづち》を打つ。内容なんて聞き流せばいい。頷くだけでいいのだ。自分の話をしたいときは、まず相手の話をたっぷり聞いているふりをする。それが女の社交術。

「……でね、あたし思ったんですけど、ＩＫＥＡって結局、北欧サイズっていうんですか。家具とか無駄におっきいんですよ。ファブリックも、ほら、ここのマンションって古いから窓がちょっと前のサイズで小さめでしょ、だから、買ってもお直ししなくちゃいけなくて。結局、コップとお皿をちょっと買ってきただけ。でも、いいなぁ、このお家は。なんかいちいちおしゃれっていうか」

美月は傍らのリネンのクッションを膝の上に載せた。

「このクッションとかもすっごいステキ。縁取りのレースが繊細で。これってどちらで買われたんですか」

「ああそれ、コンランショップよ」

本当はコンランショップに売っていたクッションと似たものをネットで見つけて買ったコンランもどきだ。でも、見栄もご愛嬌《あいきょう》のうち。美月の期待に応えて、おしゃれな主婦を演じなくちゃ。

「うわぁー、コンランショップ！　いいなぁ。あたしも、こういうのを揃えたいんですよねぇ」

美月は前屈みになって声をひそめた。

「あのぉ、ここだけの話なんですけど、このマンションって築十六年じゃないですか。だから、住んでいる人もそれなりに古いっていうかぁ。もちろん、みなさんすっごくいい人なんですけどね。ほら、十階の遠藤《えんどう》さんとか、このマンションのこといろいろ教えてくださって、親切なんだけど、なんかこう、生活に疲れてるっていうかぁ。そんな中で苑子さんってすっごくキラキラしてるし、着てるものとか髪型とかもワンランク上って感じがするんですよ。二子玉川《ニコタマ》あたりにいるセレブな主婦って感じ」

いつの間にか「山岸さん」が「苑子さん」になっている。

でも、悪い気はしなかった。新入りゆえの仲間欲しさで媚《こ》びているのだとわかってはいても、美月の言葉は、このところすり減りかけていた苑子の自尊心をくすぐる。

たしかにこのマンションに住む主婦たちはどこか所帯じみている。その中にあって、自分にはまだ華やかなりし頃の残り香のようなものが漂っていると、苑子は勝手に自負していた。

「ってか、あたし本当は二子玉に住みたかったんです。でも、子供が生まれたときのこと考えるとやっぱ八十平米はあったほうがいいし。で、この広さでこの値段となると、どうしても多摩川越えちゃって。二子玉の隣駅とかも考えたんですけど、やっぱ急行は停《と》まったほうがいいじゃないですか。となると、どうしてもこのあたりになっちゃうんですよねぇ……」

美月は家選びをしていたときの苦労話を始めた。話しながら次の褒めポイントでも探しているのだろうか、ティーカップを手にしたまま、ふたたび部屋をぐるりと見回した。

そろそろ気づいてくれないだろうか。苑子は自分が座っているソファの脇にあるマガジンラックをちらりと見た。気づいてくれれば、こっちも話を振りやすい。どうか一刻も早く気づきますように……。

苑子の願いが通じたのか、美月の視線がマガジンラックのところで留まった。

「あれ、苑子さん、『récolte《レコルト》』読んでるんですか」

そう。さっきからずっとこの質問を待っていた。

「ええ、毎月ってわけじゃないけど、たまに、ね」

そう言って、苑子はマガジンラックから「レコルト」の6月号を抜き取り、コーヒーテーブルの上に置いた。

「そうなんですかぁ。あたし、この雑誌、すっごく好きなんですよ」

苑子は意外そうな表情を浮かべて言ってみる。

「あら、でも、美月さんって、これを読むにはまだちょっと若いじゃない？」

「そうなんですよぉ。まだレコルト世代ってわけじゃないけど、あたし、前から鮎川さんのファンで。だから、美容院行くと、わざわざお願いしてこの雑誌を持ってきてもらうんです。そうじゃないときは、本屋で立ち読みとかもするし」

それくらい聞かなくても知っている。ゴールデンウィーク中に駅ビルの竹澤《たけざわ》書店で美月が「レコルト」を立ち読みしている姿を苑子は目撃していた。

美月は雑誌を手に取り、表紙で微笑む鮎川由美子の顔を眺めて頷くと、ぱらぱらページをめくり始めた。

「そうなの。美月さん、鮎川由美子のファンだったの。でも、どこがそんなに好きなの？」

間髪容《い》れずに美月は答える。

「えー、だってキレイじゃないですかぁ。どう見ても四十二歳とは思えない。っていってもいわゆる美魔女っていうんでもないし。どこまでもナチュラルなんですよね。それにこんなに人気あるのに、エラそうにしないっていうか。勘違いして女優になったり、バラエティに出たりしないじゃないですか。ずっとこの雑誌のモデルだけやってるところもなんか一本筋が通ってるって感じがいいなぁって」

「そうねぇ。言われてみれば、由美ちゃんって昔からおっとりしているようで、意志が強いところがあったわね」

苑子は昔を懐かしむような遠い眼をしてみる。

「由美ちゃん？」

期待していた通り、美月の丸い眼がますます丸くなった。

「あの、もしかして苑子さん、鮎川さんと知り合いだったりするんですか」

よろしい。絶妙の間合いで探ってくる。

「うーん、知り合いといえば、知り合い……かな。大学時代にちょっと、ね。わたしなんて今はこんなにおばさんになっちゃったけど、由美ちゃんはエラいわぁ。昔とちっとも変わらない。ううん、昔よりずっとキレイになってるんだもの」

美月は身を乗り出してきた。そう。聞き手はこうでなくちゃ。

「ってことは、苑子さんもひょっとして、鮎川由美子と同じ聖泉《せいせん》大学出身なんですか」

「そうよ」

苑子は優雅に微笑んでみせる。

「うわっ、いいなぁ。っていうか、あたし、本当は聖泉大学に行きたかったんだけど、バカだから落ちちゃったんですよぉ。鮎川さんってミス聖泉……じゃなくて、聖泉は、ミスフォンテーヌ、ミスフォンっていうんでしたっけ」

「そう、ミスフォン。懐かしいわ。あ、でも、由美ちゃんは『ミス』じゃなくて、『準ミス』だったのよ」

　ここでひと呼吸。すぐには「本題」にいかない。ゆっくりと二十四年前の思い出話を始めるつもりだった。夫にも娘にも、OL時代の友人にも、もう何十回と話してきた輝かしい青春の一コマ。あまりに話しすぎて、今では前振りだけで、「もう、その話はいいって」と向こうから遮られてしまう。本当に久しぶりに、恰好《かっこう》の聞き役を見つけたのだから。この機会をたっぷりと愉《たの》しまなきゃ。

「あ、そうでしたっけ。でも、あの鮎川さんが準ミスなんて、さすが聖泉！　レベル高いですよねぇ。準ミス時代の鮎川さんってステキでした？　っていうか、苑子さんは、鮎川さんといったいどういう知り合いなんですか」

　この瞬間を待っていた。苑子は前下がりにしたショートヘアの片側をすくって耳にかけ、静かに頷いた。

「ここだけの話にしておいてくれる？」

「もちろん」

美月はこくりと頷いた。

「実はね、わたし、一年のとき、由美ちゃんと一緒に準ミスフォンに選ばれたの」

ついに温めていたこのひと言を言えた。

今でも、あの栄光の瞬間は忘れない。

——一九八九年の十一月二十八日。聖泉大学、フォンテーヌ祭の最終日。ミスフォンテーヌコンテストの会場となった五号館カフェテリアには大勢の観客が詰めかけて、立ち見客も出るほどだった。特設ステージの上には、最終選考に残った十人の候補者が並んでいた。審査委員長と司会を務めたのは、いまや大御所と呼ばれるバラエティタレントだった。

「はいはいはいはい。それではいいですかぁ。いよいよ、一九八九年ミスフォンテーヌコンテスト、準ミスの発表です。……と、ここで、えー、今年は、これまでにない接戦で、もー美女ずくめ。ってことで、特別に準ミスを二名とさせていただきますんで、そこんとこ、よろしくです」

会場からどよめきが起こった。

「それでは、発表いたしまーす。美しさと知性を兼ね備えた準ミスフォンテーヌに選ばれましたのは、文学部外国語学科一年、松岡《まつおか》苑子さんでーす」

大きな拍手と歓声が湧いた。一瞬、自分の身に何が起こったのか、わからなかった。隣にいた由美子につつかれてようやく状況が把握できた。

まさか、このあたしが、準ミスフォンに選ばれるなんて。〈広研の友達がさ、出ろ出ろってうるさいんだけど、ひとりで出るの、嫌なんだよね、苑ちゃん、一生のお願い！　一緒に出て〉同じクラスの真理恵《まりえ》に頼みこまれて応募した。付き添い感覚で参加した自分が最終選考に残っただけでも「奇跡」と思っていたのに。

「いやぁ、おめでとう。松岡さん、感想をひと言」

「えー、わたしが選ばれるなんて。なんかもう、信じられません」

思わず嬉《うれ》し涙がこぼれた。「準ミスフォンテーヌ」という輝かしい肩書き。これさえあれば……。眼の前にたくさんの未来と可能性が広がっているような気がした
――

あのとき、自分に向けられた歓声と拍手。表彰式で頭に載せられた輝くティアラ。準ミスフォンテーヌと描かれたシルクのたすきの、するするとした感触。聖母マリアのシンボル、白百合のマークが刻まれたトロフィーの重み。かぐわしい思い出が頭の中を駆け巡る。

——えー、苑子さん、準ミスフォンだったんですかぁ。すごーい。尊敬しちゃう。

でも、やっぱりねぇ、初めて会ったときから、苑子さんってなんかオーラが違うなって思ってたんですよ。

苑子は美月の称賛の言葉を待っていた。

「えっ？」

なのに、美月は素《す》っ頓狂《とんきょう》な声を出した。

「準ミスフォンって……苑子さん、鮎川さんと同い年だったんですか」

口にした瞬間、失言に気がついたのか、美月は慌てて言葉をつぎ足した。

「……ごめんなさい、あのあたし、こんなに近くにミスフォンがいるなんて信じられなくて。なんか超びっくりしちゃって。苑子さん、すごーい」

時すでに遅し、だった。

鮎川さんと同い年だったんですか。

鮎川さんと同い年だったんですか。

刃《やいば》のような言葉が頭の中でリフレインする。

苑子は見逃さなかった。そんなハズないでしょ。あんたみたいなオバさんが！

一瞬だけれど、あのとき、美月の眼がそう言っていた。

「あのね、だから『ミス』じゃなくて『準ミス』よ」

「ううん、ミスでも準ミスでもどっちでも、とにかく超すごいですよ」

美月は大袈裟《おおげさ》に首を振りながら言った。さっきまで心地よく響いていた声が甘ったるくて、ひどく耳に障る。

「すごくなんかないわ。今は昔の話だし。もう、こんなオバさんになっちゃって。準ミスフォンなんて言っても誰も信じてくれないわよねぇ」

自分でも驚くほど低く硬い声が出た。

でも、もういい。笑顔を作る気力もない。悔しさと哀《かな》しさで、息が詰まりそうになる。あんただってハナッから信じなかったじゃない。責めるかわりに、美月の顔をじっと見た。

「そんなこと、ないですよぉ。だって、天下の聖泉ですよ。女子アナだって、ミスフォン出身者ばかりだしぃ。そこで勝ち残るなんて、ホントすごいですよ。それにさすが元準ミスフォンだけあって、苑子さん、やっぱり華があるっていうかぁ。それこそ『レコルト』の読モとかやればいいのにぃ。そうですよ、こんなにキレイなのに、なんにもしないなんてもったいないですよぉ……」

カタカタと窓が揺れている。風が出てきたみたいだ。

いつの間にか、外は灰色に変わっていた。さっきまであんなに穏やかに晴れていたというのに。

美月は懲《こ》りもせず、思いつくだけのホメ言葉を並べ立てている。

3

風は相変わらず強く吹いている。

苑子は冷めた紅茶をひと口飲むと、コーヒーテーブルの上の「レコルト」を手にした。もう何度も読んだはずだ。それでも指は勝手にページをめくる。巻頭特集は、「祝モデルデビュー十周年！　鮎川由美子さん　あなたはずっと私たちの憧れです」と題されたインタビューだった。

〈鮎川由美子さんが「ｒéｃｏｌｔｅ」の妹雑誌である「ＦｌｅｕＲ《フルール》」の読者モデルとしてデビューしたのは、２００３年、三十二歳のときでした。あれから十年。２００７年に創刊したニューアラフォーマガジン「ｒéｃｏｌｔｅ」のイメージキャラクターとして今も変わらず読者の憧れであり続ける鮎川さん。大人の女性なのにかわいくて、ナチュラルなのに華があって、爽やかなのにほどよくセクシー。そんなアンビバレンツな魅力はどこから生まれてくるのでしょう。鮎川さんのエイジレスな美しさの秘密に迫ってみました〉

　編集部の賛美の文章の隣では、シャーベットオレンジのカシミヤニットを着た由美子が少し照れたように笑っている。空気感のあるショートカットといい、上品なメイクといい、その姿は、二十分ほど前、逃げるように帰っていった美月が言っていた通り「どこまでもナチュラル」だ。

　苑子はページの右下の商品クレジットを見る。由美子の着ているカシミヤニットの値段は20万8950円もする。ぱっと見はシンプルだけれど、シルエットが美しく見えるように計算しつくされたデザインなのだろう。

　それに比べて、苑子はこのところ、20万どころか、2万円を超える服すら買ったことがない。普段着なんてほとんどが2千円以下だ。

　あたしだって昔は……。苑子はぎゅっと唇を噛む。

　聖泉大学に通っていた頃は、「準ミスフォンテーヌ」の肩書きを引っ下げていろいろなファッション誌に読者モデルとして登場していた。「聖泉大学　松岡苑子さまへ」と書かれたファンレターが編集部に届いたことも一度や二度ではない。

四半世紀近く経った今だって、写真写りのよさには自信がある。由美子のように、一流スタイリストが選んだ服に身を包み、一流ヘアメイクにキメ細かい肌を作りあげてもらい、一流カメラマンに自分がいちばん美しく見える角度で写真を撮ってもらいさえすれば、五歳でも十歳でも若く見せられる。そう思っていた。でも……。

〈月日が経つのって、本当に早いものですね。フツーの主婦だったわたしが読者モデルに応募したのは十年前。気がつけば、わたしも今年の八月には四十三歳になります〉

フツーの主婦。どこが？ 由美子の夫は、「レコルト」の版元である大手出版社に勤めている。業界でも給料が高いことで知られているその会社は、かつて苑子の夫の浩介も受けたけれど、一次試験で切り捨てられた。第二志望、第三志望の出版社も見事に玉砕。結局、浩介は電機メーカーに就職した。そこであの人に見切りをつければよかった。

でも、できなかった。

世の中にはごまんと男がいる。他の人にも目を向けてみようかと思ったちょうどその頃に妊娠が発覚してしまったからだ。

苑子は時々考える。もしも、あのときデキちゃった婚なんかせず、勤めていた大手保険会社でＯＬ生活を続けていたら、あたしの人生はもっとキラキラしたものになっていただろうか。

いや、今さら過去を嘆《なげ》いてもどうしようもない。何より今のあたしは……。またぞろ美月の言葉が呪いのように蘇《よみがえ》ってきた。

鮎川さんと同い年だったんですか。

実年齢の四十三歳にすら見えないなんて。

〈「いつまでも変わらないですね」「若く見えますね」なんて言われれば、女ですもの。もちろん嬉しいです。でも、わたしは、この先、年を重ねていくことを愉しんでいきたいし、自分の年齢というのも常に意識していきたいなと思っています。若さの秘訣《ひけつ》ってやっぱり気持ちなんじゃないかしら。過去にこだわるんじゃなくて日々是《これ》変化。女の人って、いちばん輝いていた時代で髪型やメイクが止まるってよく言われますよね。でも、人ってどんどん変わっていくものだから。楽しかった過去にしがみつくんじゃなくて、自分が身をおく時代や自分に訪れた変化を楽しみながら、そのときどき、「今」のわたしにいちばんしっくりするファッションを心がけていきたいですよね〉

二十四年前のあんパンのようにまん丸だった由美子の顔が浮かんできた。

ミスフォンのコンテストで、準ミスに選ばれたとき、苑子は「信じられない」と思った。けれど、もっと信じられなかったのは、苑子の次に神林《かんばやし》由美子の名が呼ばれたときだった。

候補者の中でもいちばん地味で垢抜《あかぬ》けないこの子がどうして？

不思議でしょうがなかった。

フォンテーヌ祭が終わったあとも、学内外のミニコミ誌や雑誌の取材を受けたり、イベントに参加したりしたけれど、重宝がられるのはノリのいいミスフォンの河西《かわにし》真理恵と苑子だった。１７２センチと、当時としては高すぎる身長を気にしていつも背をかがめていた由美子は、ただおとなしく笑っているだけだった。

それなのに今の由美子はまるで違う。腫れぼったかった目の上やパンパンだった頰からは余分な肉がすっきりと落ちている。小作りで地味な印象を与えていた造作はシワとは無縁で若々しい。高すぎると思っていた身長は由美子の大きな武器となり、どんな服でもファッショナブルに着こなしている。

〈わたしは、いつも「今」がいちばん好き。たるみやシワが気になってきたとしても、それを躍起になって退治しないで、そんな自分を輝かせてくれるメイクを心がけてみる。「まだまだわたし、イケてるよね」と肩に力を入れるんじゃなくて「今

のわたしもけっこう好きかも」とすんなり「今」を受け入れてみるのがいいんじゃないかな〉

そりゃ誰だって「今」を楽しく受け入れたい。それができないから、もがき苦しんでいるんでしょうが。

あー。苑子は頭をかきむしった。

きれい事しか言わない由美子への反発なのか、まったく衰えを見せない容貌への妬ましさなのか。粘っこい感情が苑子の中で渦巻く。

甘いものがむしょうに食べたくなった。

美月が残していったクッキーに手を伸ばし、口にほうりこもうとしたそのとき、ハスキーな声が苑子を制した。

「それ以上、デブになってどうすんの？」

リビングの入口には娘の結衣が立っていた。

「あー、びっくりした。なに？　今帰ってきたの」

苑子の質問には答えず、結衣はヘッドフォンをはずして首にかけると、大きなリュックを床に下ろし、モッズコートを脱いだ。

「外、風が強かったでしょ。大丈夫だった？」

「別に、たいしたことねぇし」

結衣は冷蔵庫からミネラルウォーターのボトルを取ってきて、ダイニングチェアに座った。父親譲りの切れ長の眼がちらりとコーヒーテーブルの上を見る。

「お客さん？」

「そうよ。先月、越してきた上の階の谷岡さん」

「谷岡さん？　ああ、あの化粧が濃い、ちゃらっちゃらしたおばさんか」

結衣の視線は苑子の膝の上にある「レコルト」に注がれる。

「ってか、また準ミスだったとかなんとか自慢した？　いい年して、みっともねぇし」

「あら、自慢なんかしてないわよ。それより、そっちこそ、なによ、もう。椅子に座って立て膝するのやめなさい」

結衣はミネラルウォーターを飲みながら、右足を下ろした。

ダイニングチェアの背もたれにはモッズコートが無造作にかけられている。

「もう五月も半ばよ。そんなコート着て、暑くないの？」

結衣は、四月から苑子と同じ聖泉大学に通い始めた。同じ外国語学科英語専攻。でも、苑子の女子大生時代とはまるで違っていた。

男友達はいるようだけれど、特定の男とつきあったことは、苑子の知る限り、ない。まったくと言っていいほど色気もなし。肩まで伸ばした髪をいつもひとつに結んで、化粧もしない。辛うじてインナーだけは替えているけれど、カーキ色のモッズコートとダメージジーンズはいつも同じ。それによれよれのスニーカーを履いている。顔は夫の浩介に似て、完全なる和顔。華もないし、今風でもないけれど、メイクをすれば、それなりにキレイになるはずだ。なのに、何度言っても化粧水すらつけようとしない。

「このコート、生地薄いし楽チンだし。Tシャツだけだと夕方とか冷えるんだって」

「楽チンとか冷えるとか、おばさんみたいなこと言わないで。いい？　花の命は短いのよ。女の子は今がいちばんキラキラしているときなんだから。結衣ちゃんって髪もきれいだし、スタイルだっていいんだから。今、オシャレしなくてどうするの？」

結衣は手にしていたミネラルウォーターのボトルをダイニングテーブルの上に置いた。

「どーもしねぇし。ってか、なんで外見で勝負しないといけないわけ？　キラキラとかしたくねぇし」

「そんなこと言ってるから、いつまでたっても彼ができないのよ」

「は？」

結衣の眉間にシワが寄った。

「彼氏なんていらねぇし。ママなんて、オシャレ命で、気張ってミスコンにまで出て、ようやく捕まえたのがパパ程度なわけでしょ。それってしょぼくね？」

どうして、この子はここまで憎まれ口を叩くのか。

あたしは母親だ。あんたよりもずっと長く生きている女の先輩なのだ。四の五の言わずに言うことを聞け。言葉でわからないなら、引っぱたいてやろうか……。怒りが沸々と沸き上がる。でも、ここでキレたら、女がすたる。苑子は必死で自分を抑え猫撫《ねこな》で声を出す。

「結衣ちゃん、よく聞いて。あたしはあなたのためを思って言ってるの。あたしがあなたくらいの年齢の頃はねぇ……」

「うっせーな」

結衣は苑子の言葉を待たずに部屋を出ていった。バタンと大きな音をたててドアが閉まる。苑子は大きなため息をついて、さっき食べようとしていたクッキーをつまんだ。次々につまんでいたら、あっという間になくなってしまった。

そろそろ買い物に行かなければいけない。苑子はしばらく空になった皿を見るともなく見ていた。そうだ。そう思って立ち上がったときだった。ダイニングテーブルの上に置いてあった携帯がカタカタ鳴った。

メールが一件届いている。美月からだ。

〈先ほどはお邪魔いたしました♡　苑子さんとたくさん話せて、すっごく楽しかったです！　是非また誘ってくださいね。ミスフォン時代の話も今度たっぷり聞かせてください〉

だから、ミスじゃなくて準ミスだって。

メールを一読すると、苑子は電話帳を開いた。

河西真理恵。

久しぶりに、元ミスフォンの声が聞きたくなった。

苑子は発信ボタンを押す。コール音が三回鳴ったところで、真理恵が出た。

「はい、もしもしぃ」

「あ、真理恵。あたしだけど」

どこか店にでも入っているのだろうか。うしろで話し声がしている。

「あー、苑ちゃん。久しぶり。あたしもちょうど連絡しようと思ってたの。でも、ちょっと今さ、取り込んでて。悪いっ、あとでかけ直すから」

「取り込んでるって、なにかあったの？」

「あったもなかったも……」

電話口から真理恵の大きなため息が聞こえてくる。

「とにかく、あとでゆっくり話すから」

電話はぷつりと切れた。

今し方聞いた真理恵のため息の原因はなんだったのか。

自称「ミスフォン史上、いちばん浮かばれない女」である河西真理恵の身に今度はなにが起こったのか。

心が浮き立っている自分を苑子は少しだけ恥じた。

4

フレンチポップスのＢＧＭをかき消しそうな勢いで、女たちはお喋《しゃべ》りに熱中している。

苑子は時計に目を落とした。待ち合わせの時間はとっくに過ぎているけれど、真理恵が遅れてくるのは今に始まったことではない。つきあっていた男にフラれ「もう最悪！　悔しくって食事も喉を通らない」と電話で泣き喚《わめ》いてから二週間。昨日、〈ようやく立ち直ったからお茶でもしよう〉とメールが来たけれど、いったいどんな顔をしてやってくるのやら。

オレンジアイスティーに浮かぶオレンジの輪切りをストローでつつきながら、苑子はあたりを見回した。

みんな若い。

小さなため息が漏れる。いつの頃からか、渋谷や表参道のカフェに行くと居心地の悪さを感じるようになった。もしかして、ここであたしがいちばん年上？

大学生の頃からこのチェーン店によく来ていた。ってことは、かれこれ二十年以上通っていることになる。シュガーボウルから角砂糖をひとつつまみ、掌《てのひら》に載せてみた。この小さな塊を弄《もてあそ》びながら、真理恵に恋の相談をしたこともあった。

あれはいつのことだっけ？　恋のトキメキなんて昔すぎて思い出せない。

隣のふたり連れは二十代半ばぐらいだろうか。この年頃の女が顔をつきあわせれば話題はひとつしかない。さっきからずっと恋の話をしている。テーマは「同棲《どうせい》中の彼にいかにしてプロポーズさせるか」。

　苑子は店の外を見るふりをして、友人に恋愛指南する隣の女を盗み見た。

えっ？　恋多き女という口ぶりからさぞや……と思っていたけれど、小さな眼に下膨れすぎる顔はお世辞にも美人とは言えない。テラテラしたプリントのワンピースにトレンカという格好もどこか垢抜けない。でも、先月、彼にプロポーズされたばかり、と語っていただけあって妙に自信に満ちている。

「エリカ、だからね、男を落とすのは胃袋！　胃袋をつかむのが鉄則なんだって」

「胃袋？　またベタなことを」

　一年半も一緒に暮らしているのにプロポーズはおろか、彼の両親にも友達にも紹介されたことがないと嘆く「エリカ」は、下膨れの指南役とは違って華のある顔立ちだ。

「ベタのどこが悪いわけ？　ベタなことでもあえてやる、それぐらいの気合いがなきゃ結婚なんてできないんだから。一緒に住んでる彼氏がコンビニ弁当食べるのボーッと見てちゃダメでしょうが」

「えー、だってゴハン作るの、面倒くさいしぃ」

「そんなことないってば。うちのおばあちゃんも言ってた。男は上と下の袋を握ってたら絶対に離れないって」

「下の袋？　なにそれ、超ウケるー」

エリカは手を叩いて笑っている。

「いい？　料理なんて超簡単なんだから。たとえば挽肉《ひきにく》買うとするでしょ。そしたら、ハンバーグ、ピーマンの肉詰め、そぼろ、ひき肉カレー、麻婆豆腐《マーボーどうふ》って使い回していくの。ね、一週間の献立なんてすぐできちゃうし、外食やコンビニ弁当よりずっと安上がりでしょ。おまけにやりくり上手ってこともアピールできるし」

「えー、でも、ハンバーグとか肉詰めとか作ったことないしぃ」

「そこで面倒臭がるから、三年もつきあってるのに親にも紹介されないんじゃん。いい？　ゴールインしたけりゃ三年目が勝負よ。ここで王手をかけなきゃ五年、七年ってグダグダ続いていくか、ある日突然、別の女に走られるかだって。料理なんてクックパッドで検索すりゃ楽勝。おいしくて簡単な作り方ぐらいいくらでも出てくるって。それにさ、いい？　三十過ぎてコンビニ弁当で満足するんだから、あんたの彼氏、かなり味オンチだって。困ったときはケチャマヨソースのどれかでごまかせば文句言わないって……」

「下膨れ」の男獲得術にエリカも聞き入っている。

でも……。老婆心ながらエリカの将来が心配になってきた。同棲までしてるのに将来のことをなんにも言ってこない彼氏で本当にいいんだろうか。ここは力ずくでゴールに持ち込むより他の男を探したほうがよいのでは？　下膨れはプロポーズされたばかりで浮かれているけれど、まだわかっちゃいない。結婚はゴールインしてからのほうがずっとしんどくて長いのだ。

「苑ちゃん～」

息を切らしながらロイヤルブルーのワンピースを着た真理恵が店に入ってきた。さすがわが母校、聖泉大学の元ミスフォン。白い歯を見せ「ごめーん」と拝みながらの小走りもサマになっている。

隣のエリカが横目でちらりと見た。このおばさん、何者？

真理恵は小娘のチェックなど気にも留めず「走ったら暑くなっちゃった」と言いながらラメ入りのストールカーディガンを脱いで苑子の前に座った。もわっと甘い香りが立ちのぼる。この匂いはシャネルのチャンスか。

「ほんとごめんね。出掛けに立て続けに電話があって」

ノースリーブのワンピースは、よく見るとレオパード柄だった。っていうか、真理恵、全然元気そう。

「いいのよ、別にこのあと、なにがあるってわけじゃないし」

エクステ不要の長い睫毛《まつげ》に縁取られた眼が見開かれた。

「あれ、苑ちゃん、服の色かぶっちゃったね」

苑子が着ているラメ入りニットも真理恵のワンピースと同じ色だった。

「髪型変えた？　似合ってるじゃん」

「そお？　ありがと」

苑子は前下がりにしたショートヘアの片側をすくって耳にかけた。通販で買ったスワロフスキーもどきのロングピアスが耳もとで揺れる。

「真理恵こそあいかわらずキレイ。この前、電話で死にそうな声出してたから心配してたのよ」

テーブルの下で形よく組まれた真理恵の足はストッキングを穿いていなかった。ワンピースと同じ色のミュールからのぞくつま先にはピンクゴールドのペディキュアがきれいに塗られている。四十二歳とは思えない強気のコーディネート。久々に6センチヒールのパンプスを履いて、さっきすっ転びそうになったこっちとは大違いだ。

「そんなことないって。ここんとこ毎日泣き暮らしてたから一気に十歳ぐらい老けちゃった。だいたい、あたし……」

そこへ店員がオーダーをとりにきた。真理恵は先端にゴールドのラメが埋め込まれた指先でテーブルの上のオレンジアイスティーを指した。「同じものを」。笑顔で告げ、店員が去っていったのと同時にまた喋りだした。

「あたし、この二週間で四キロも痩《や》せたんだから。だって信じられる？『おふくろが入院しているから、どうしても60万円必要だ』って頼み込まれて貸してあげたその直後によ、『実は俺、来月結婚するんだ』だなんて。あたしの大切な貯金が知らない女との新居の敷金に変わってたなんて……」

「ミスフォン史上いちばん浮かばれない女」と自称する真理恵は艶やかな巻き髪をいじりながら、十歳下だった元カレ、弘樹《ひろき》への恨みつらみを語り続ける。

華やかな顔立ちも抜群のスタイルも昔のまま。見た目はじゅうぶん若々しい。なのに、どうしてだろう。昔の真理恵とはなにかが大きく違う。

あの頃——大学時代の真理恵は本当に輝いていた。一年のときの大学祭でミスフォンテーヌに選ばれ、当時の女子大生向けファッション誌に読者モデルとして毎月のように顔を出していた。美人で明るくて頭もいい。外国語学科の河西真理恵さんといえば、ちょっとした有名人で苑子も一目置いていた。あまたの芸能事務所からひきがあったけれど、見向きもせずに大手商社に入社。二年目で同じ部署の東大卒の男との結婚が決まり、寿退社……。思えば、その頃までが真理恵の人生の〝花〟だった。

大手ゼネコン会長を祖父に持つ結婚相手は蓋を開けてみれば、超がつくマザコン男。結婚してからも「お母ちゃま」のモーニングコールなしでは起きることもできなかった。父親になれば少しは自立してくれるかという真理恵の淡い期待も虚《むな》しく、長女の清香《きよか》が生まれたあとも合い鍵を持ったお母ちゃまが自由に出入りする生活は変わらなかった。あまりの過干渉に愛想がつきて娘が一歳の誕生日を迎える前に離婚。男は金や家柄じゃない、やっぱり顔と性格よと、派遣先の不動産会社で知り合った二番目のイケメン夫と一年後に入籍。でも今度は、ギャンブル依存症。パチスロ通いが止まらず、闇金にまで手を出した。やがて家に業者が取り立てにくるようになり、またしても離婚。そのあとつきあった男たちも、アルコール依存症だったり、暴力をふるったり……。

なんでも持っている完璧な女と思っていた真理恵が唯一持っていなかったもの。それは男運だった。男に出会うたびに「今度こそ」と入れ込むけれど、恋した真理

ってない。

恵の直感ほどアテにならないものはない。これまで「当たり」が出たことは一度だ
「……もう、この一年でどれだけ弘樹に貢いだことか、300万じゃきかないわ。
だって、うまいのよ。おねだりの仕方が。捨てられた小犬みたいな眼して『今ちょっと困ってるんだ』とか言われてみてよ。十も年上のあたしとしては貸さないわけにはいかないじゃない。そしたら、図にのってさぁ……」

人の不幸は蜜《みつ》の味。二週間前、電話で「また男にフラれた～」と泣かれたときは、ほんとのところ、少しわくわくした。今度はどんな男に引っ掛かったんだろうと興味津々だった。でも、蜜が甘くておいしいのは最初だけ。愚痴を延々聞かされるとさすがに食傷気味になる。

「よかったよ、そんなカスみたいな男、別れて正解じゃない。でも、いったいどこで見つけてきたの。店のお客さん？」

二度目の離婚のあと、真理恵は派遣社員として働くことをやめた。男に貢ぎすぎて最初のマザコン夫からたんまりせしめた慰謝料が底をついてきたからだ。〈これからは本気で稼がなきゃ〉地元の池袋でホステスとして働き始めると、持ち前の美貌と愛嬌で瞬く間にナンバー1になった。四十過ぎてさすがに人気には翳《かげ》りが出て

きたけれど、今も老いた母親と娘を養ってもおつりが出るくらい稼いでいる。

「ううん、これでもあたし、お客さんには絶対に手を出さないことにしてんの。だって、言い寄ってくる人いっぱいいるし。いちいち応えてたら、体、持たないし」

「じゃあ、また道歩いていてナンパされたの？」

真理恵は運ばれてきたオレンジアイスティーにストローを差しこみながら言った。

「うーん、ナンパといえばナンパかな。有楽町の献血ルームで出会ったの」

「献血ルーム？」

「たまに行くのよ。献血、趣味なの。だってほら、血を抜いたら、その分、また新しい血が作られるわけじゃない。だからちょっと若返るかなって思って。ほら、あたしＡＢ型だから、需要も多いの」

献血ルームで……。恋多き女は、どこにいたって出会いを引き寄せる。

「でもね、考えてもみてよ。わざわざ自分から進んで人に血をあげようって心がけの人よ、まさか悪い人だなんて思わないじゃない。実際、弘樹ってつきあっている間はすごくいい人だったし。でね、清香にも、紹介したの。そしたら、あいつ、ほんとサイテーで。後から聞いて啞然《あぜん》としちゃったわよ。清香にも、ママに内緒でディズニーシーに行こうとかなんとかチョッカイ出してたらしいの。もちろん清香は誘いに乗らなかったみたいだけど」

　大学生になっても化粧ひとつしないうちの結衣と違って、真理恵の娘は、いかにも男好きしそうな今どきの女子高生だ。半年前に見せてもらったプリクラでも、母親に負けないくらい自信に満ちたキメ顔で写っていた。

「清香ちゃん、来年たしか受験でしょ。微妙な年齢なんだし、ほんと今がいちばん大事な時期なんだから。そんな簡単につきあってる男とか紹介しないほうがいいんじゃないの。……どうしてだろうね。真理恵って頭もいいし、しっかりしてるし、ふだんはとってもいいお母さんなのに。こと恋愛が絡むと……」

「はいはいはい、どうせあたしが悪いの。男見る眼がないんだから、せめて少しは学習したら？　もういい年なんだからそろそろ落ち着いたら？　って言いたいんでしょ。それくらいわかってるわ。わかってるけど、ダメなのよ。好きになったら悪いとこなんて見えなくなっちゃう。ぜーんぶあたしがいけないの。♪空があんなに青いのも電信柱が高いのも郵便ポストが赤いのもみんなあたしが悪いのよ〜ってね」

「なに、それ？」

「うちのお母さんがよく歌ってた」

真理恵の母親もバツ2だった。真理恵の美貌は母親譲りだけれど、男運の悪さまで譲り受けたらしい。

「もーもー、弘樹の話はおしまい。あ、そういえば、まだ言ってなかったけど、あたしさ、お店替わったんだよね」

真理恵はシャンパンゴールドのチェーンバッグから名刺入れを取り出した。ラベンダー色の名刺を一枚抜き取り、シナをつくって差し出してきた。

「ユリエと申しまぁす。よろしくぅ～」

隣のエリカがまた真理恵の横顔をちらりと見た。

「源氏名、前はたしか有里紗《ありさ》だったよね、ユリエに変えたんだ」

名刺には「微熟女バー・Ｎｏｂｌｅ《ノーブル》」とある。

微熟女……。

元ミスフォンもついに熟女デビューか。

「そう、有里紗って名前、ちょっと若すぎたから卒業したの。今度はしっとり系でいくわ。前のお店も悪くなかったんだけど、あそこ平均年齢が低かったから、さすがに若い子にはかなわなくなってきちゃってね。で、店移ったら、またナンバー1に返り咲きよ……って言っても場所、あいかわらず池袋だけどね。そうそう、この前、誰が来たと思う?」

「えー、誰だろう」

「お宅のダンナ」

ヤダ、あの人ったら。昔から大の真理恵ファンだったけれど、わざわざ池袋まで遠征していたなんて。

いたずらっぽい眼がこっちを見る。

「やーね、苑ちゃんたら顔、思い切り引きつってる。ウソよ、ウソ。お店に来たのはね、由美子のダ・ン・ナ」

思わず身を乗り出してしまった。

「由美子って、あの鮎川由美子?」

「そうよ、由美子と言えば、あの由美子に決まってんじゃない」

「でも、真理恵、由美子のダンナと面識あったっけ?」

真理恵は大学時代から由美子を嫌っていた。準ミスフォンとは思えないくらい垢抜けなかった昔は「陰気くさい女」。「レコルト」のイメージキャラクターとして人気が出てきてからは「計算高いしたたかな女」。どっちにしても、いけ好かないらしい。

「まさか。あるわけないでしょ。でも、あの顔は間違いないわ。ちょっと前に、なんかの特集で一緒に写っているとこ見たことあるもん。由美子がダンナのコネで読者モデルになったって有名な話じゃない」

　言われてみれば、半年ほど前、「レコルト」で由美子は自宅を公開していた。自然光が降り注ぐ推定二十畳のリビングでカッシーナのソファに夫と並んで写っていた。隣にいたのはイケメンというわけではないけれど、穏やかでなんでも言うことを聞いてくれそうな男だった。

　由美子のコメントはたしか――夫である前に同志でもある彼。お仕事の大先輩&理解者でいつもアドバイスしてもらっています――

「鮎川伸治《しんじ》。『レコルト』を出してる花房新社《はなぶさしんしゃ》の広告部長さん。ジュニアって呼ばれてる新社長と一緒に来てたわ」

「で、由美子のこと知ってるって言ったの？」

「やーね、言うわけないじゃない。あたし、今の店で五つもサバ読んでるんだから。とにかくね、雑誌に載ってたあのダンナの写真はウソ。あれだって、たいしたことなかったけど、かなり修正してたのね。実際はのび太を大人にしたみたいな、ものすごーく冴《さ》えない男なの。口を開けば、芸能人の誰それと友達だとか、モデルのナントカちゃんはどうだとか、業界話ばっかり。しかもダサイだけじゃないの。スケべなの。話している間、ずっと人の太もも撫でまわしてるんだから。あの様子じゃ相当遊びまわってるわね。あたしんとこにも、メールをガンガン送ってきて、同伴しようとかなんとかってしつこいの。でも、あの手のタイプは焦《じ》らすに限るの。焦らせば焦らすほど、ハマってくるから」

真理恵はにやりと笑った。獲物を狙う猫みたいな眼をしている。

「ヤダ、真理恵ったら、お客さんには手を出さないってさっき言ってたくせに」

「手なんて出さないわよ。ただちょっとリハビリ代わりにからかうだけ」

そう言ってフッと鼻から息を出して笑った。

これだ！　さっきから感じていた。ミスフォン時代の真理恵と決定的に違うのは、やさぐれ感……。

苑子は巻き髪をいじる真理恵の白い指を見た。スワロフスキーの大ぶりのリングがキラキラ輝いている。そういえば、きょう、出掛けに結衣があたしを見て言ってたっけ。

――あーあ、また、そんなキラキラした格好して。オバさんって自分が輝いてないからキラキラしたもんばっか身に着けるよね。それってかなりイタくね？――

5

窓の外にはどんよりした空が広がっている。朝のうちは少し風があったけれど、昼過ぎから急に蒸してきた。

これからひと雨降るのかしら？　苑子はリモコンで冷房の温度を一度下げ、ダイニングテーブルの上のノートパソコンに眼をやった。

画面の中では鮎川由美子が笑っている。真理恵のゴージャスすぎる巻き髪とは対照的なナチュラルなショートボブ。リネンの白いシャツが悔しいほど似合っている。

苑子は「レコルト」のサイトをスクロールしていった。〈鮎川さんの今月のイチ押し〉で手がとまる。イメージキャラクターである由美子が、お気に入りのファッション雑貨や小物、スイーツなどを紹介するコラムだ。先月はフランスの老舗《しにせ》ブランドのリネン×コットンストールがイチ押しだった。今月は……、うわっ、おいしそう。クリックすると思わず画面に吸いよせられた。

ティーカップ片手に微笑む由美子の傍らにピスタチオやジャムが入ったキャラメ

ル色のクッキーがアップで写っている。焼き菓子で有名なオーボンヴュータンのクッキーの詰め合わせだ。すぐ下には、由美子のコメントが添えられている。

〈もともと太りやすい体質なので、甘いものはできるだけ控えるようにしています〉

太りやすい体質。たしかに。準ミスフォン時代の由美子は背ばかり高いもっさりとした体型でまん丸な顔をしてたっけ。

なのに今は……苑子は頰のあたりでたぷつく肉を引っ張った。華奢で贅肉《ぜいにく》知らずだったあたしが太りやすい体質と化してしまった。

〈でも、この「オーボンヴュータン」の焼き菓子だけは特別！　ピスタチオやアーモンド、フランボワーズのジャムなんかが入ったクッキーの詰め合わせなんだけど、フランス菓子らしいしっかりした甘さの中のナッツの香ばしさや果実の爽やかさが絶品。ちょっと疲れたなと思ったときに欠かせない極上のおやつ。みなさんも、がんばってる自分へのご褒美にいかが？〉

クッキーの値段は３６００円。なにが「みなさんもいかが？」だ。

専業主婦からアラサー雑誌「フルール」の読者モデルになって、あれよあれよという間に人気者になり、姉雑誌の「レコルト」創刊と同時にイメージキャラクターにまで上りつめた由美子は、インタビューなどでなにかにつけ「フッツー」をアピールしてきた。

でも……。苑子は画面で微笑む由美子を睨《にら》む。

フッツーの主婦は3600円もするクッキーをそんなに容易《たやす》く取り寄せられないんですけど。本物のフッツーの主婦はね……。やっぱりこれですよ、これ。

苑子は皿の上に三つ載っかっているアルフォートのミニチョコレートをひとつつまんだ。

一気に食べるのはもったいないので、ダイジェスティブビスケットからほんの少しはみ出しているチョコレートの四辺を削りとるようにかじっていく。人前では絶対にしないけれど、ひとりでいるときはやっぱりこの食べ方に限る。残った部分をティースプーンに載せ、マグカップに注いでおいたホットミルクに浸した。白い液体の中でチョコレートがとろけていく。よし、いい塩梅だ。ひたひたになってきたところを口にいれる。うーん、チョコレートとビスケットの絶妙なバランス！　なにもかも忘れる幸せなひととき。甘いものさえあれば、きょうもなんとかやっていける。十二粒で100円の至福に酔っていると、ガチャとリビングのドアが開いた。

「さむっ。この部屋、冷えすぎじゃん」

よれよれのカーキのTシャツにダメージジーンズを着た結衣は、部屋に入ってくるなり、テーブルの上のリモコンを取ると乱暴に冷房を消した。

あー、せっかくのおやつタイムが台無しだ。

「そんなに冷えてないわよ」

「冷えてるって。あー、やだ、デブは暑がりで」

「人のことデブ呼ばわりしないで。ほどほどに涼しい部屋でホットミルク飲むのがいいんじゃないの」

「ったく、主婦のくせに。もっと節電しろっつうの」

苑子はため息をつきたくなった。ガサツな喋り方に小汚い格好。ほんとに色気も素っ気もない。

愛する母校聖泉大学に通う結衣は女子大生になったら少しはお洒落してくれるだろうという期待を見事に裏切ってくれた。最近は黒、グレー、カーキのTシャツのローテーション。あっさりしすぎた和顔で華もないし今風でもないけれど、番茶も出花の十八歳なのだ。地味なら地味なりにひと花咲かせてほしいのに、なんでこの子はこうも小汚い格好ばかりするんだろう。

だいたいママがあなたくらいの年の頃はね……いや、やめておこう。

苑子は喉まで出かかった言葉をぐっと抑えてホットミルクを飲んだ。文句を言えば、倍になって返ってきて、結衣は部屋を出ていく。

きょうは、その前に言わなきゃいけないことがある。

「またチョコ食ってる」

「食ってるじゃなくて食べている。女の子なんだから、そんな汚い言葉使うのやめなさい」

父親譲りの切れ長の眼がすーっと細くなり、こっちを睨む。

「うっせーな。デブになるの心配して言ってやってんのに」

「ほら、またその言葉遣い。なによ、少しくらい甘いもの食べたって太りゃしないわよ。これ、大きいほうじゃなくて、ひと口サイズのアルフォートよ、たった三つぐらいいいじゃない。毎日がんばってる自分へのご褒美なんだから」

「ご褒美？　食っちゃ寝、食っちゃ寝、繰り返してるだけで、なにも褒められたことしてねーじゃん」

結衣は冷蔵庫から1リットルのミネラルウォーターを取り出し、ぐびぐび音を立てて飲んでいる。

「もー、立ったままでお行儀悪い。グラスに入れて飲みなさいってば」

あたしの娘はどうしてこうもガサツなのか。

「いーじゃん、他に誰も飲まねぇんだし」

ミネラルウォーターに無糖ヨーグルト、クラッカーと味けないものしか口にしない結衣の体は棒のように細い。

「今から学校?」

「いや、バイト。帰ってくるのおせぇからメシいらね」

結衣は大きなリュックを肩にかけた。

「ちょっと待って。結衣ちゃん、これ」

苑子は傍らに置いてあったバッグの中から財布を取り出し、五千円札を引き出すとテーブルの上に厳かに置いた。

「なにこれ?」

「あげる」

「は?」

物欲のない結衣は、樋口一葉の顔を見ても喜びもしない。

「パパのボーナス入ったから、出血大サービス」

苑子は娘にむかって優しく微笑んだ。ここからが大切だ。女親らしく、結衣の気持ちを逆撫でしないようにアドバイスしなくては。

「結衣ちゃん、これで新しい下着買ってきなさい。これだけあれば、ブラと、あとパンツも二枚くらいは買えるでしょ」

「なんで？」

結衣はダイニングテーブルの脇に立ったまま、五千円札をじっと見ている。

「なんでもなにも、前から言おうと思ってたんだけどね、洗濯するたびに思うのよ。あなたの下着、ひどすぎるわ」

結衣の洗濯物を畳むたびに、げんなりする。肩紐《かたひも》の部分がすすけたブラトップ、ウエストのゴムが伸びきったゴワゴワのグレーのパンツ。こんなの今すぐに捨ててもらいたい。

「は？　ひどくねぇし。どれもゆるみ具合がちょうどいいんですけど」

苑子は大きくため息をついた。

自慢じゃないが、若いときから下着だけはそこそこいいものを身に着けてきた。さすがに最近はバーゲンを利用するようになったけれど、それでも元値１５００円以下のパンツは絶対に買わない。ましてやゴムが緩んだやつなんて。考えただけでゾッとする。

なのにこの子ときたら……。

「結衣ちゃん、女の子があんなボロボロの下着をつけてちゃダメ、心まで荒んじゃうわ。あなたも年頃なんだから、もっとちゃんとしたもの身に着けなさい」

「いーじゃん、別に誰に見せるわけでもねぇーし」

「あのね、見せるとか見せないとかの問題じゃないの。見えないところで自分だけのお洒落をする、その気持ちが大切なの。悪いこと言わないから、かわいい下着つけてごらんなさいよ。絶対に気分も変わってくるから。結衣ちゃんのことだから、三枚1000円のとか穿いてるのかもしれないけど……」

「はっ？　三枚1000円？　そんなの穿いてねぇーし。一枚100円だし」

はっ？　今度はこっちが聞き返した。

「100円？　そんな安い下着どこに売ってるの」

「駅前の百均行きゃいくらでも売ってるって」

「ちょっとお、やめてよ。百均の下着なんて、信じらんない。いい？　女の格は下着の価格に表れるのよ。パリの女の子たちはね、ファッションに使うお金のうち約20パーセントを下着に使うって聞いたことあるわ」

「てか、ここパリじゃねぇーし、日本だし」

ったく。なんなの。人が優しく諭してあげてたら、つけ上がって。さっきから抑えていた怒りが爆発寸前だ。

「いちいち人の揚げ足ばっかり取らないの」

思わず声を荒らげてしまった。それでも結衣は表情ひとつ変えない。

「あたしが言いたいのはね、見えないところにお金をかける、そういうとこに手を抜かない女子力が大切だってこと。お願いだからもっとかわいい下着つけてよ。そうすりゃあなただってもう少し……」

結衣はテーブルの上の五千円札を取り上げたかと思うと、パシッと苑子の前に置いた。

「四十過ぎたオバさんが女子力とかキモいんですけど」

そう言い捨てて出ていった。

全身から力が抜けていく。人がせっかくあげるって言ったのに……。

あの子はどうしてあんなかわいげのない子に育ってしまったんだろう。小学生低学年の頃は素直でママ、ママとあたしを慕って、あんなにかわいかったのに。リバティプリントのワンピースを着てポニーテールにした結衣が浮かんできて、すっと消えた。

結婚した当初から憧れていた。かわいい娘を産んで女の子らしく育てて、一緒にショッピングに行って、大きくなったらお洋服なんかも共有したりして……。娘のいちばんの自慢は「若くてキレイなママ」。年頃になってボーイフレンドが出来たら優しく恋のアドバイスをする、そんな友達母娘《おやこ》を夢見ていた。それがどうだろう。結衣ときたら百均のパンツを穿いて、小汚い服ばかり着て、口を開けば憎まれ口だ。ああ、ヤダ。あんな娘、もう顔も見たくない。こんなときは甘いものでも食べなきゃやってらんない。

皿に残ったアルフォートに手が伸びる。今度ははみ出したチョコを先に食べず、丸ごと口に放り込んだ。その瞬間、ガリッという音がした。

なに？

一瞬、顎の動きが止まった。

これって……。

掌に慌てて異物を吐き出した。

「結衣ーっ。大変、来てーっ」

「なんだよ。人が出かけようとしてんのに、でけぇー声出して」

面倒くさそうに結衣がドアを開けた。

「大変なの。歯が、差し歯がね、取れちゃったの」

掌の中の歯を見せると、結衣は顔をそむけた。

「汚《きたな》っ。んなもん、見せなくていいって」

上の前歯の左から二番目。差し歯が入っていたところがスースーする。

「ヤダわ。なんでいきなり抜けちゃうわけ？　少しもグラグラしてなかったのよ。アルフォートをちょっとかじっただけなのに」

「食べ物とか関係ねぇし。それ、老化現象だって。トシ取ったから歯茎が痩せてゆるゆるになって取れたんだって。てか、歯抜け、みっともねぇ」

くくくっと肩で笑って、結衣は玄関に向かった。

もう、最低。

苑子はダイニングテーブルに突っ伏した。

6

待合室にはモーツァルトのピアノソナタが流れていた。苑子は診療室の白いドアを見つめた。キィーンキィーンと歯を削る音が聞こえてくる。

この場から逃げ出したい。気分はモーツァルトというよりバッハ。マタイ受難曲だ。

三畳ほどの待合室にいるのは苑子だけだった。雑誌ラックには「レコルト」の7月号がある。表紙の由美子は白く美しい歯を見せて笑っている。

そういえば、準ミスフォン時代の由美子はもっと歯並びが悪かった。たしか二年生のはじめぐらいから矯正を始めたんだっけ。笑うとワイヤーの矯正器具がむき出しになって、見るも無惨だった。せっかく準ミスフォンに選ばれたというのに、どうしてあんな目障りなものをつけているんだろう、あれじゃ合コンにも行けやしないし、ステキな男の子と飲みにも行けない。ましていわんやキスなんて……。今、楽しまなくてどうするんだろう。あの頃はそう思っていた。

でも、今にしてみれば、賢い選択だったのかもしれない。本気で直そうと思ったら100万円以上はかかるんだから。矯正をするなら、親のスネもかじられて、時間もあり余っている学生時代に限る。

苑子も歯並びはいいほうではない。右の前歯には八重歯があるけれど、かわいいと言われたのは二十代まで。今では歯磨きのとき邪魔になるだけだ。甘いものが好きなせいか虫歯がときどき痛むこともある。でも、歯医者には行かず、バファリンを飲んでなんとかごまかしてきた。それというのも十年前、右上顎の親不知《おやしらず》を抜かれたからだ。ヘッドロックされた状態で大きなペンチで引っ張られたときのあの激痛は一生忘れない。メキメキ、バキバキと内耳に響く音、口の中で流れるどろっとした血の感触。

思い出しただけで鳥肌が立ってくる。

この先、どんなことがあっても二度と歯医者に行くまいと心に誓った。でも、さすがに前歯が抜けたこの顔ではいられない。

ゆうべ美月に行きつけの歯医者を教えてくれとメールした。前に、ホワイトニングに通っている歯医者がすごくいいと話していたのを思い出したからだ。美月からはすぐに返信がきた。

〈歯、大丈夫ですかぁ。あたしが通っているのは駅前の山本《やまもと》歯科クリニック。超おすすめです。センセイはイケメンだし、腕も確かだし、シゴトは早いしで言うことなし。そのうえお値段も良心的！　チャラチャラした歯科衛生士がいないのも好感度大w　苑子さーん、一刻も早く良くなってくださいね〉

口を開けばご近所さんの噂《うわさ》ばかりで、いつもは適当にあしらっている美月だけれど、ゆうべは突然差し歯が抜けてまいっていたせいか「早く良くなってくださいね」という言葉が心に沁みた。

それに比べてうちの家族ときたら……。「歯医者なんて行きたくない。予約キャンセルしちゃおうかな」と嘆いても心配のシの字もしてくれなかった。

結衣は〈すれば？　歯抜けのままでいればいーじゃん〉と言い捨てて見向きもしてくれない。夫の浩介に至ってはこっちが差し歯の話をするまで気づいてさえいなかった。〈えっ、お前、前歯抜けてたの？〉だって。どうせあたしなんて、空気以下の存在なんだ。

キィーンキィーンという音がやんだ。

携帯の時計を見ると、予約の時間を十分ほどオーバーしていた。

いよいよだ。苑子は深呼吸して家からつけてきたマスクをはずした。

パタンと診療室のドアが開いて、初老の男が出てきた。精も根も尽きたという顔をしている。

ヤダ。やっぱり帰りたい。全身の筋肉が強《こわ》ばってきた。

「山岸さん、どうぞ」

歯科衛生士が無愛想に言った。三十を少し過ぎたくらいだろうか。縁なし眼鏡をかけていて化粧っけもなく、美月の言葉通り、チャラチャラとは無縁の女だった。診療室は白い壁で囲まれていた。入口付近の診察台の脇で、マスクをつけた背の高い男がこっちを見ている。

えっ？

この大きな二重まぶた……見たことがある。

「こんにちは、そちらに座ってください。バッグは椅子の脇のカゴに入れてください」

髪は少し薄くなり、腹のあたりも出てきている。でも、間違いない。

山本歯科クリニック。

「ヤマモト」なんてゴマンといるから、考えてもみなかった。あの山本剛史《たけし》くんだ。

「あ、はい。どうも」

診察台に座りながら、苑子は記憶を辿《たど》る。

——あれは大学三年の夏。同じクラスだった真理恵主催の合コンに参加した。相手は日本歯科大学の六年生。〈やっぱり将来のこと考えると歯医者さんの卵は狙い目よ〉真理恵の言葉に触発され、お気に入りだったキャサリン・ハムネットのワンピースを着ていった。場所は渋谷のダイニングバー。苑子の正面に座ったのが山本くんだった。ソルティドッグで乾杯をした瞬間から話が盛り上がり、帰り際、連絡先を聞かれた。

真理恵は真理恵で山本くんの親友と意気投合して、その週末、四人でディズニーランドに行く約束をした。なのに、直前に嫉妬深い真理恵の彼にバレて、ダブルデートはお流れ。その後も山本くんとは何回か連絡をとったけれど、なかなか会うタイミングがつかめず、そうこうするうちに、次の合コンで知り合った同級生の浩介から熱烈アタックを受け、つきあうことになってしまった。

「で、どうしました?」

どこまでも事務的な声が響いた。山本くんったら……。こっちはマスクをはずしているというのに準ミスフォンの松岡苑子を忘れてしまったのだろうか。

「あの、実は昨日、お菓子を食べていたら差し歯が取れちゃって……」

これなんですけど……とバッグの中からティッシュに包んだ差し歯を取りだして見せた。

結衣の「汚っ」という言葉が蘇ってきた。十年前、恐怖の歯科医でつけた差し歯は経年劣化で変色し、根元のネジもボロボロになっている。

山本くんは歯を受け取ると「これ洗浄して」と歯科衛生士に渡し、すぐに向き直った。

「歯根に問題ないか診てみますね。じゃ、椅子を倒します」

パチッとオレンジ色のライトが点《つ》き、診察台がゆっくりと倒れていく。

え、いきなり？　なんて無防備な格好をしているんだろう。ベッドに押し倒されたみたいな気分になってくる。

「はい、口開けてくださーい」

デンタルミラーを持った山本くんの顔が近づいてくる。

この角度じゃ鼻の中が丸見え。毛穴が開いているのもバレバレだ。この上、口の中をのぞかれるなんて、裸を見られるより恥ずかしい。

思わず眼をつぶる。マスカラがダマになっていませんように。

「とりあえず差し歯の部分は問題ないようです。じゃ、差し歯入れる前に洗浄しますね」

「あがぁ」

口を開けたままなので、間抜けな返事しかできない。

山本くんは口腔《こうこう》洗浄機で口の中をきれいにしてくれた。

「ちょっとズキッとするかもしれませんよ」

身構える間もなく、接着剤をつけた差し歯がぱかっとはめ込まれた。

「そのままちょっと噛んでて」

眼を閉じたまま頷いた。ねぇ、山本くん、あたしよ、あたし。本当は気づいてるんでしょ。

「はい、起き上がっていいですよ」

え？　もう、おしまい？

「そこで、うがいしてください。今から三十分くらいは物を食べないように」

「ありがとうございました」

髪の乱れを直しながら、頭を下げた。ななめ四十度。大きく目を見開いても、おでこの皺《しわ》は目立たないキメの角度でお礼を言ったのに、山本くんは表情ひとつ変えやしない。

あたし、そんなに変わってしまったのかしら。

猫のイラストがついた紙コップに水を入れて口をゆすいでいると山本くんが言った。

「奥のほうが何カ所か虫歯になってきていますね。放っておくと、そのうち痛みますよ」

「あ、はい」

どうしよう。これって治療しろってこと？

虫歯の治療となれば、またあのキィーンという魔の音を聞かねばならない。神経を抜くなんてことになった日には、麻酔の注射を打たれ、細い針金みたいなやつでグリグリやられる。

嫌だ。でも……。

横目で山本くんを見た。

美月のお墨付き通り、仕事は早いし腕もいい。しかも二十年の歳月を経ても、なかなかのイケメン。たった一度の再会で終わりにするのはちょっと惜しい。どうせ鼻の穴も見られてしまったんだし、もう恥ずかしいことはない。この人だったら身を委ねても大丈夫かも。

「わかりました。これを機に治療してみます」

「そうですか。じゃ、集中してやっちゃいましょう。受付で次回、ご都合のいい時間を予約してください」

はい、と言って診察台を下りた。

カゴに入れたバッグをとって部屋を出ようとすると、「あの」と呼び止められた。

「失礼ですが、山岸さんってもしかして……聖泉大学に通っていらっしゃいました？」

奥にいた衛生士がちらりとこっちを見た。

「そうです。先生は日本歯科大学、ですよね」

「なんだ、覚えていてくれたんだ」

大きな眼が無邪気に笑った。そう、この人は笑うと急に幼い顔になる。これで四十六歳。浩介のしょぼくれた笑顔とは大違い。あの人より三つも上だなんて信じられない。

「いや、実は診療室に入ってきたときから、そうじゃないかなと思ったんだけど、苗字が違ってるし、なんか訊くきっかけがつかめなくて」

やだもう。覚えてるなら、さっさと言ってくれればいいのに。

「わたしも。ここに来た瞬間、山本くんだって思ったの。でも、すっかりオバサンになっちゃったから気がつかないのかなって」

——そんなことないよ、昔と全然変わらないんで驚いたよ、という言葉を期待していたけれど、山本くんは笑顔で頷いただけだった。

「でも、こんなところで会えるとはな」

「ほんと」

「すっごい縁だね」

「ええ。これからまたよろしくお願いします」

めでたく差し歯が入ったので、堂々と微笑むことができる。

苑子は満面の笑みで診療室をあとにした。


駅が近づいてきた。

苑子は空を見上げる。このところ雨続きだった。青空を見るのは久しぶりだ。雲ひとつなく澄み渡っている。

来るときと違って、足取りが軽い。

人生いたるところに出会いあり。この前、真理恵は献血ルームで男と出会ったと話していた。歯科医だって捨てたもんじゃない。あの山本くんに会うなんて。

治療はだいだい二、三週間かかると言っていた。もちろん、あたしは真理恵とは違う。これから山本歯科クリニックに通ったとしても、別に山本くんとどうなるわけでもない。でも、かつて憎からず思っていた相手に定期的に会えると思うだけで、なんだか、心が弾む。

気がつくと、日傘の柄をくるくるまわしていた。

スーパーの前を通りすぎようとしたときだった。

「苑子さーん」

後ろから声をかけられた。

振り返ると美月が駆け寄ってきた。きょうはボーダーのワンピースを着ている。手にはレジ袋がふたつ。

「お買い物？　随分早いのね」

「ええ、ちょっと。いろいろ寄るところもあるし。苑子さんは？」

「わたしもちょっと。これから二子玉に行って、服でも見ようかと思って」

頭ひとつ背が高い美月が顔をのぞき込んできた。

「あ、差し歯入ったんですね」

「おかげさまで。いい歯医者さん、紹介してくれてありがとう」

さっき別れたばかりの山本くんの笑顔が浮かんできた。

本当に美月はいい「仕事」をしてくれた。苑子は心から礼を言った。

「よかった。ねぇ、ところで見ました？　『女性イレブン』のスクープ。朝刊に見出しが載ってたじゃないですか」

「ううん、きょうは見てないの。ちょっとドタバタしてて……」

差し歯が抜けて落ち込んで、今朝は新聞どころではなかった。

「えー、じゃあ、知らないんですか。由美子さんが超大変なんですよ」

大変だと言うわりには、美月の眼は輝いている。

「由美ちゃんが？　どうかしたの？」

「〝ご乱交〟ですって」

「えっ」

「あ、間違えた。〝ご乱行《らんぎょう》〟です。てか、〝主婦たちのカリスマ　鮎川由美子ご乱行〟ってすごい大きな字で書いてあったから、由美子さんどうしちゃったのって思ったんですけど、よーく見てみると、違うんです。鮎川由美子の下に小さく〝の夫〟って書いてあって。でも、いくらダンナさまのことでもねぇ。ご乱行なんて超イメージダウンですよね。いつだったか、『レコルト』でも、おしどり夫婦っぽく紹介されてたしぃ。とにかく早く雑誌が読みたくて、今から本屋行くとこなんですよぉ」

由美子の夫って……。

真理恵の言葉が浮かんできた。

——手なんて出さないわよ。ただちょっとリハビリ代わりにからかうだけ——

「で、相手は?」

「それがね、笑っちゃった。ビジュクジョですって。微熟女の〝ビ〟は、キレイの〝美〟じゃないですよ。ビミョーの〝微〟」

微熟女……。

間違いない、相手は真理恵だ。

リハビリ代わりのご乱行なんてシャレにならない。

真理恵ったら、いくらなんでも……。いったいどういうつもりなんだろ。

呆《あき》れて言葉も出なかった。

7

細い腰にギャルソンエプロンを巻きつけたイケメン店員がお茶を運んできた。

チャンスとエゴイスト。

シャネルの香水のデュエットでむせ返りそうなテーブルなのに、店員はこれ以上はないくらい爽やかな笑顔でカップをテーブルに置く。

「ありがとう」

苑子は頭を下げ、心の中で詫《わ》びた。ここ、すっごく臭《にお》いますよね、ごめんなさい。

「やーね、苑ちゃんったら。さっきからソワソワしちゃって」

長い睫毛に縁取られた真理恵の大きな瞳がいたずらっぽく笑う。

「別にあたし、ソワソワなんてしてないわ。全然フツーだけど」

苑子はスチームミルクで描かれた葉っぱの模様が崩れないようにそおっとカフェ・ラテのカップの縁に口をつけた。

「そっかしら。さっきからまわりのことばっか気にしてる感じ。だよねぇ」

真理恵は、隣の男に微笑んだ。ダイヤのロングピアスがしゃらんと揺れる。

「すみませんねえ」

脚を組んで座る鮎川伸治が苦笑いしながら言った。

〈のび太を大人にしたみたいな、ものすごーく冴えない男なの〉真理恵が話していた通り、本当に冴えないのび太だ。ひ弱な少年がひょんなことから社会人デビューして、ゴルフ焼けしたら、きっとこんな姿になる。

「なーんかすっごく気を遣わせちゃってるみたいだよなぁ」

店内では外国人観光客や若い女たちがお喋りに夢中になっている。真理恵ったら、表参道のこんな人目につきやすいカフェに昼間っから呼びつけるなんて、どういう神経してんだろ。きょうはふたりでじっくり話すつもりで誘ったのに、なんで伸治までくっついてくるんだろ……なんてことは、オクビにも出さず、口角を引き上げた。

「いや、別に気なんか遣ってませんから」

「だったら、いいけど。ボクらのことで苑ちゃんにまで迷惑かけたくないからね」

さっき会ったばかりなのにもう苑ちゃん？　黒いシルクシャツを着た伸治はニカッと笑った。いくらギョーカイ人でもボタン三つは開けすぎでしょ。胸元にごついシルバーのネックレスが光っている。半年ほど前、「レコルト」で由美子と写っていた写真ではもっとすっきりした感じだったのに。そうだ。眼鏡が違うんだ。あれはメタルフレームだったけど、きょうのセルフレームは少しも似合っていない。黒く大きなスクエアの縁のせいで一重まぶたのイタチみたいな眼がますます小さく見える。

このギョーカイ親父《おやじ》のどこが真理恵のツボにはまったのか。

真理恵がこれまでつきあってきた男たちの顔が浮かんでは消えていく。マッチョ、インテリ、ホスト風……。

〈好きなタイプっていないの。好きになった人が、そのままあたしのタイプになるの〉

さすが学生時代から口癖のように言っているだけのことはある。真理恵の過去の男たちと伸治との間になにひとつ共通点は見当たらない。

「そうよ、気なんか遣わないで。だいたい、こういう場所ではね、変にまわりを意識しちゃダメ。いつも通りフツーにしてなくちゃ。ほら、昔から言うじゃない。逃走犯は雑踏に身を隠すって」

「おいおい、逃走犯はないだろ」

伸治は手を叩いて高らかに笑った。

「あら、そうよぉ、シンシン」

シンシン。真理恵が伸治を呼ぶたび、首筋がかゆくなる。

〈これぞって思う男がいたら、すぐに愛称で呼ぶといいわよ。そうすると、向こうもつい心を許しちゃうもんなの〉

これまた大学生の頃から何度も聞かされてきた「必殺愛称マジック」。でも、だからってシンシンだなんて。まったくパンダじゃあるまいし。

真理恵はふーっとため息をついて長い睫毛を伏せた。

「いつまたマスコミに泥棒猫呼ばわりされるか、わかんないんだから。そう思うと、なんだか四六時中、世間に追われてるみたいで、胃がキリキリしちゃう。あたしたち、愛の逃走犯だわ」

「愛の逃走犯か……。こりゃまいった」

伸治が肩をすくめ手を開いて上にあげた。いちいち大袈裟な。まわりでお茶を飲んでいる外国人たちもこんなポーズしやしない。だいたいこんなんだから……。

きょうもきょうとてゴージャスな装いの真理恵に目がいく。ノースリーブの黒いワンピース。デコルテ部分は総レースになっている。胸もとには大ぶりのゴールドのネックレス。巻き髪もいつにも増して気合いが入っている。変装しろとまでは言わないけれど、逃走犯なら逃走犯らしく、地味な服を着るとか、ひっつめ髪にするとか、もうちょっとなんとかすればよいものを。

ふたりとも無防備すぎる。だから、雑誌に書かれてしまうんだ。

〈主婦たちのカリスマ　鮎川由美子の夫　ご乱行〉

三週間ほど前に発売された「女性イレブン」の見出しが浮かんできた。

由美子の夫がご乱行？　いったい何事かと思ったら、そこには伸治と真理恵の情事の一部始終が書かれていた。

五月末日の夜。六本木のイタリアンで落ちあったふたりは、食事のあと、外資系ホテルのバーでいちゃつき、やがて客室へと消えていったのだという。

〈どちらかといえば、女のほうが積極的でしたね。男の耳もとでなにか囁《ささや》いたり、しなだれかかったり、完全に〝ふたりの世界〟に酔っている感じでした〉というバーでの目撃談と共に隠し撮りの写真も紹介されていた。「M子」さんと記された女の眼もとには申し訳程度に目隠しが入っていた。でも、華やかすぎる顔立ちは黒い線一本で隠しきれるものではない。「170センチの長身美女」「池袋の微熟女バーでナンバー1の人気」「バツ1、子持ち」などと、知っている人間が読めば、すぐに真理恵とわかるキーワードがちりばめられていた。そう、誰が見たって「M子」は真理恵だ。

〈ちょっとぉ、美容院で雑誌見てびっくりしたわよ。鮎川由美子ってたしかあんたと一緒に準ミスフォンだった子だわよね。それにM子って、あれ、どう見ても真理恵ちゃんじゃないの。だいたい微熟女バーってなに？　変態みたいな人が行くバーじゃないの？　そんないかがわしいところで働いて、あの子、大丈夫なの？〉

久しぶりに実家の母からも電話があった。

まったく人騒がせな。思い出しただけでため息が漏れる。だいたい五月末日って……。その数日前にお茶をしたときは、伸治のことを冴えない男呼ばわりしていたくせに。なんなの、この急展開は？

人の気も知らないで、真理恵は艶やかな巻き髪をいじりながら言った。

「記事が出たときはホントにどうなるかと思ったけど、いまんとこ、後追い記事は出てないし。とりあえず安心したわ」

不幸中の幸いというやつで、二十四年前、真理恵と由美子が聖泉大学でミスフォンテーヌの座を競った仲だということまでは気づかれていない。でも、どこからかこの事実が漏れれば週刊誌の恰好のネタになる。いつまた書き立てられるかわからない。

「そうなのぉ。ほら、『女性イレブン』出してる集学社《しゅうがくしゃ》って、『週刊ネクスト』って男性誌もあるじゃない。翌週あそこに書かれやしないか、あたしもヒヤヒヤものだったけどね。ま、あたしごときじゃそこまでニュースバリューがないってことかしら」

ひと安心だわと微笑んでみせるけれど、真理恵はどことなく残念そうだ。根が出たがりなのだ。たとえスキャンダルといえども、有名週刊誌に自分のことが載ったのはまんざらでもないらしい。

「この手の記事が好きな週刊誌といえば、あとは『週刊新星』でしょ。でも、あれはシンシンのいる花房新社の雑誌だから騒ぎ立てたりしないはずよ。だって、『レコルト』はあの出版社のドル箱雑誌だもの。イメージモデルの由美子さまさまさま。いくらなんでもその旦那さまのことは守ってくれるわよねぇ」

真理恵は伸治の肩についた糸くずをそっと払いのける。潤んだような瞳は完全に恋する女のものだ。

「で、あの、今回のこと、由美子さんはなんて言ってるんですか」

「それがなんにも」

伸治は苑子の質問に首を振ると、ダブルエスプレッソのカップのハンドルを持った。うわっ、小指が立ってる。

「なんにも？」

「そう。あの人、なんにも言わないんだって」

伸治の代わりに真理恵が答えた。

「でも、らしくない？　由美子って昔からそういうタイプだったじゃない。いつもしれっとした顔してさぁ。……ねぇ」

伸治も苦笑いしながら頷く。

「いや、ほんと、まいっちゃうよなぁ。記事が出た日も、ヤベェーってヒヤヒヤもんで帰ったんだけど、いつも通り爽やかな笑顔で『お帰り』だからね。フツーに撮影の話とかするから、あれ、もしかしてまだ気づいてない？って思ったら、リビングのテーブルの上にはちゃんと『女性イレブン』が置いてあってさ。ちらっと様子うかがっても、表情ひとつ変えやしない。ほんと、なに考えてんのかさっぱりわかんないんだよね」

そう、由美子は準ミスフォン時代から、なにを考えているのかわからない女だった。嬉しいんだか、悲しいんだか、怒ってんだか、つかみどころのないタイプで、こっちの気持ちが波立っているときに、あの涼しい笑顔を見せられると、イラッときた。でも、今回ばかりは同情の余地ありだ。あたしだって、こんなふざけた夫がいたら、もはや処置なし、相手にしない。

「ね、ムカつくでしょ。それじゃまるであたしのこと、完全スルーしてるみたいじゃない」

憎々しげに言う真理恵を横目で見て、伸治は笑った。

「ほら、こんなふうにね、思ったことをそのまま態度に表してくれるほうが、男としては楽チンなわけ。あの人は、ほんとよくも悪くも『レコルト』のイメージそのまま。いつも爽やかな笑顔で、小綺麗《こぎれい》で、家事なんかもサササッとこなして。読者の期待を裏切らないまさしく理想の主婦。でも、いざ暮らしてみるとねぇ。男としては面白みがない。やっぱ女は、もっと生き生きしてないと。マリリンみたいに、とびきり我《わ》が儘《まま》で嫉妬深くて、手がかかるほうがいいや」

マリリン。ほんとにもう蕁麻疹《じんましん》が出そうだ。

Je t'aime... Je t'aime...

絶妙のタイミングでカフェのスピーカーから女のあえぎ声が聞こえてきた。

マリリンとシンシンはじっと見つめ合う。なに、この熱い視線の絡み合いは？

「ジュ・テーム・モワ・ノン・プリュ」。これってセルジュ・ゲンズブールが不倫相手のブリジット・バルドーのために作った曲だっけ。

気が付くとカフェ・ラテをスプーンでかき回していた。きれいに描かれた葉っぱが崩れていく。

「でも、あのヤボなこと聞くようだけど、ふたりはこのままつきあっていくの？」

当然というようにふたりは頷く。

「このまま何事もなかったように由美子に隠れて？」

真理恵が形のよい眉を寄せた。

「ちょっとぉ、苑ちゃんったら、由美子の肩持つ気？　ひど～い」

「いや、肩持つとか持たないとかそういう問題じゃなくて」

「じゃあ、なによ、急にいい子ぶっちゃって。いっつも、どうしてあんなブスがカリスマモデルになれるのかわかんないってブックサ言ってるくせに」

「ちょっと待ってよ。ブスだなんて、あたし、別に」

「ブスか……。たしかに、な」

伸治はハッハッと笑うと、じーっとこっちを見た。

「苑ちゃん、フォンテーヌ祭のときの写真、見せてもらいましたよ」

フォンテーヌ祭の写真といえば、二十四年前、準ミスフォンに選ばれたときの人生最良の一枚だ。

「あの三人で写っているやつ。いやぁ、あんまりかわいいんでびっくりしちゃった」

伸治はテーブルに肘をつき身を乗り出してきた。むわっとエゴイストの香りが立ちのぼる。

「ほら、マリリンって『眠れる森の美女』のオーロラ姫みたいでしょ。苑ちゃんは白雪姫。そこに由美子でしょ。ディズニーのお姫様みたいなふたりが並んでいるところに背の高いアンパンマンが交じっててさ、笑っちゃったよ。由美子は必死で節制して今でこそスレンダーになったけど、実は地味顔だから。驚異的にフォトジェニックなだけで、顔立ちは苑ちゃんのほうがずっと整ってるよね。実際に会ってみると、喋り方とかしぐさとかやっぱすごくかわいいし」

身振り手振りを交えて伸治は話す。眼鏡の奥の小さな眼を思い切り開いているせいで、額に三本シワが寄っている。

いい年した男が白雪姫だなんて笑っちゃうけど、こうして力説してもらうと悪い気はしない。男の人に「かわいい」だなんて言われたの、何年ぶりだろう。七、八年前、結衣の同級生に「おまえの母ちゃん、かわいいな」と言われたきり。

「由美子にとって、準ミスフォンのアンパンマン時代は、消したい過去なわけ。だからボク、マリリンに見せてもらうまで、ミスフォンの写真の存在なんて知らなくって。マリリンに出会ったときは元ミスフォンだなんて思いもしなかった。そう考えるとすごい縁だよねぇ。だけど……、あっ」

傍らに置いたフェリージのビジネスバッグの中から「あまちゃん」のテーマ曲が

聞こえてきた。伸治はすばやくスマホを取り出すと、これ見よがしに眉根を寄せ、「あー、このクライアント、厄介なんだよねぇ。ちょっと長くなるかも」と席を立った。「はいはい、鮎川です。お疲れさまぁ。どうもでーす。はい、はいはい」大きな声で喋りながら店の外へ出ていく。

後ろ姿が完全に見えなくなったのを確かめて、真理恵は身を乗り出してきた。

「ね、素敵でしょ、彼」

「素敵もなにも。真理恵、どういうことよ？」

「どういうことって？」

「最初と全然テンション違うじゃない。あなた、この前は、あんなのリハビリ代わりだって言ってたくせに」

「そうよ。最初はほんとにそう思ってたわ。なんかいかにもマスコミって感じで胡《う》散臭《さんくさ》いなぁって。でも、コロコロ変わるのが女心よ。飲みに行って、いろいろと話しているうちに、なーんか搦《から》め捕られちゃったんだよね」

「搦め捕られた？」

「うん、あたしのここを」

そう言って真理恵は大きく張り出した胸を手で押さえた。またいつものパターンだ。恋をすると真理恵はやたらと芝居がかってくる。まるで昼ドラのヒロインみたいに。

「そりゃ最初は由美子のダンナなら少しからかってやれって思ったわ。でもね、不思議ねぇ、気がついたらすっかり夢中になってたの。なんたって最初の印象が悪かったでしょ。だからその分、どんどん好きになっていくの。わかる？　減点法じゃないの、加点法。恋の伸びしろがすごく大きい人なの」

「伸びしろは大きくても小さくてもいいけどさ。だいたい清香ちゃんはなんて言ってんの？　来年、受験で大切な時期でしょ。そんなときにママが雑誌に載ったりして大丈夫なの？」

あたしが真理恵の娘だったら、間違いなくグレている。

「あら、あたし、恋してもちゃんと母親業やってるわ。夜どんなに遅くなっても、毎朝お弁当も作ってるし、時間見つけてあの子の勉強だってみてやってるし。だから清香はいつだってあたしの味方。シンシンともすっごくウマがあうみたいで『シンシン、かっけぇ～』って言ってるし。ほら、シンシンって子供いないでしょ。だから清香のこと我が子のように可愛がってくれるの。それに、清香はあたしに似て要領も成績もいいから、このまま順調に行けば、聖泉にも推薦で行けそうだし。そうなれば、親子二代のミスフォンも夢じゃないわねぇ」

そしてまた清香ちゃんも真理恵に負けない恋多き女になるのか。

「ねぇ、苑ちゃん、結局ね、好きになったら理屈なんてないの。理屈が通らないのが恋じゃない？」

物憂げにふーっと息を吐くけれど、ため息をつきたいのはこっちだ。加点法に恋の伸びしろ……。これまで何十回聞いたことか。どれだけ相手は変わっても、真理恵の恋の定義はいつもここらに落ち着く。これ以上、聞いても、もう何も新しいことは出てこない。

白衣の男の笑顔が頭をよぎった。よしっ、きょうの本題を切り出すなら今だ。伸治がいない今しかない。

「そういえばさ……ねぇ、覚えてない？　ほら、大学のとき、山本くんっていたじゃない」

「山本くん？」

真理恵は小首を傾げて、カフェ・ラテをひと口飲んだ。恋多き女はデータベースが多すぎて男検索に時間がかかる。

「ああ、山本って、あたしが前につきあってた？」

「あれは山本正孝《まさたか》くんでしょ。そうじゃなくて、山本剛史くん。ほら、大学三年のとき、日本歯科大学の人と合コンしたじゃない」

三週間ほど前、差し歯がとれて歯医者に行ったら、そこの歯科医が山本くんだった。今もまだ虫歯の治療中だけれど、この前、歯科衛生士が席を外している隙に携帯のアドレスを訊かれ、すぐに〈今度食事に行かない？〉とメールがきた。それだけと言えばそれだけのこと。だけど、平凡でとびきりヒマな主婦にとっては一大事だ。〈いいですねぇ。いつでも誘ってください！〉と返信してからというもの、どうも落ち着かない。結婚して二十年、宅配便のお兄さんだったり、浩介の同僚だったり、何度か妄想恋愛はしてきたけれど、リアルに行動に移すのはこれが初めてだ。もちろん、マリリン&シンシンみたいにジュ・テームな関係になるつもりはないけれど。

「ねぇ、思い出した？　その合コンで、真理恵は小谷《こたに》くんって子と意気投合して、あたしはその親友の山本くんといい感じになって、ディズニーランド行く約束したでしょ。でも、真理恵の彼に計画がばれてお流れになったじゃない。でね、あのときの山本くんに、この前、歯医者で会っちゃったの……ちょっと、真理恵聞いてる？」

当時つきあっていた束縛男を思い出しているのか、真理恵は唇をへの字に曲げた。

「そういえば、谷川《たにがわ》っていたよねぇ、タニたん。アメフトやっててさ、ガタイはいいけど、異常に嫉妬深い男。あの頃、携帯とかなかったから、大変だったのよねぇ。年がら年中家に電話してきてさ。電話に出ないと、なにしてたんだ？　ってネチネチ、取り調べみたいに訊かれて、もー最悪。そこいくと、シンシンは嫉妬の仕方もうまいのよね。ちょっと不機嫌になるけど、その不機嫌のなり方がね……」

真理恵の頬が緩んできた。油断すると、またノロケ話を聞かされる。

「だから、それよか山本くん。あたし再会した山本くんにね、この前、食事に誘われたの。でも、びっくりしたわぁ。信じられる？　たまたま行った歯医者でいきなり再会したのよ。なんたって二十二年ぶりでしょ。それにマスクしてるし……」

山本くんとの診療室での再会をドラマチックに語りたかったのに、すぐに真理恵が口をはさんできた。

「なにそれ、いいじゃない。その、山本くんって奥さんいるの？」

「それがね、バツ1なの。山本くん、結婚がすごく早かったみたいで、大学生の息子がひとりいるんだけど、その子は元奥さんと暮らしてるんですって」

「そっか、じゃあ、あたしたちとは逆バージョンか」

真理恵がにやりと笑った。

「やだ、ただ、食事に行くだけよ」

「いい年した女がなに言ってんの？　ただ食事に行くだけなんてそんなのつまんないじゃない。苑ちゃん、こんなチャンスめったにないわよ。その山本くんって、いまいち顔が思い出せないんだけど、いい男なんでしょ」

そう、あたしは本当は浩介みたいな薄い顔じゃなくて、山本くんみたいなくっきりした顔が好みなのだ。二重まぶたの大きな眼に白い歯。笑うと少年みたいな顔になる。山本くんのあの笑顔は二十年以上経った今も健在だった。

「うーん、悪くはない感じ、かな」

「やっぱりねぇ。苑ちゃん、昔から面食いだったもんねぇ。でも、だったら、がんばっちゃいなさいよぉ」

「だから、そんなんじゃないってば」

「うそぉ。そんなんじゃないわりには、眼が熱っぽい〜」

「もー、からかわないで。あたし、これでも人妻なんだから」

「やーね、苑ちゃんたら、なに言ってんの？」

潤んだ大きな瞳が呆れたようにこっちを見る。

「人妻だからいいんじゃない。不倫の恋は蜜の味よ」

そうだった。あたしが話している相手は、超がつく恋愛至上主義者だった。

「なになに？　なーんか盛り上がってるみたいだね」

長くなると言って席を立ったくせに、あっという間に伸治が席に戻ってきた。

「ちょっと聞いてよ、シンシン。苑ちゃんったら歯科医とフォーリンラブですって。しかも、その彼、昔、苑ちゃんと合コンでいい感じになって……」

「真理恵、だからそういうんじゃないってば」

店内は冷房がききすぎるくらい、きいているのに顔が熱い。

「うわっ、苑ちゃんたら、赤くなってる」

「歯科医？　おお、いいねぇ。歯医者にはさ、いちばん間抜けな顔見られてるわけでしょ、こういう感じでさ」

伸治は惚《ほう》けたように大口を開けて見せた。

「もう、やだぁ、シンシンったら」

虫歯になりそうな甘ったるい声で真理恵は伸治の肩を軽く叩く。

「いや、でも、マジな話、口の中見せるってある意味、裸になるより恥ずかしいでしょ。苑ちゃんみたいにチャーミングな人ならなおのこと、そのぽってりした唇の中を見せちゃうと、すべてを許したような気分になるんじゃないの。でも、だからこそ彼の前だと、リラックスできるはずだよ」

頼みもしないのに、ご丁寧に恋愛心理を解説してくれた。まるでバラエティ番組に出ている安い心理学者みたいだ。

「やだぁ、シンシンったら、すぐそうやって理屈こねるの、悪い癖よ。愛にはね理屈なんていらないの。それより、そうだ、苑ちゃん、今度ダブルデートしましょうよ」

愛の逃走犯ははしゃいだ声で言った。

8

グレーのチュニックをゆっくりとまくり上げ、脱ぎ捨てた。

うわっ。

思わず鏡をのぞきこんだ。ベビーブルーのブラジャーにレギンス姿のまあるいおばさんが映っている。膝から下は細いのに、腰から太ももにかけて、でっぷり肉がついている。これじゃ、ハンプティ・ダンプティだ。結衣が小さい頃読んであげた、『マザー・グース』の挿絵が浮かんできた。

〈ハンプティ・ダンプティ　へいにすわった
ハンプティ・ダンプティ　ころがりおちた〉

あの卵のおばけそっくりの体型だなんて、ひどすぎる。

試着室の鏡は一、二割細く見えるように加工されていると聞いたことがある。ってことは実際のあたしは……。

こうなればもう怖いもの見たさだ。一気にレギンスを脱いだ。ウエストにくっきりついている赤いゴムのあとが哀しい。鏡に背を向けうしろ姿を映してみる。ああ。お尻から太ももにかけてセルライトだらけ。ボコボコと月の表面みたいだ。思わずその場にへたりこみそうになる。

いや、でも……。半畳にも満たない試着室の照明を見上げた。不自然なくらいに明るい。そうだ、ここが特別なだけ。こんなに明るい場所なんて、そうめったにあるもんじゃない。あってもせいぜいコンビニかドラッグストアぐらいなもんだ。

さっき別れたばかりの山本くんの笑顔がよぎる。

〈じゃ、次の診療は火曜日の十四時ですね〉

歯科衛生士の手前、事務的に話していたけれど、あたしを見る大きな眼は優しかった。来週の火曜日、治療に行ったら、その三日後にはふたりで食事に行くことになっている。歯科医で大人でお金もたっぷり持っている山本くんのことだ。あの人が選ぶ店なら、もっと落ち着いた照明に違いない。

それに、あたしは真理恵とは違う。不倫の恋は蜜の味だなんて思わない。ただ食事に行って楽しくお喋りするだけ。別に山本くんの前で服を脱ぐわけじゃない。いつもより少しばかりオシャレしてアバンチュール未満のデートが楽しめれば、それでじゅうぶん。大切なのは見た目。いかにこの体型を隠す服を見つけるか、だ。

気を取り直して、壁にかけておいたフレンチスリーブのワンピースを手にした。光沢感のあるピンクベージュはあたしの色白の肌を際立たせてくれる。それにちょっと特別感もあるし。これで９８００円なんだから、かなりのお買い得だ。Ｖネックにあしらわれたフリルも文句なしにかわいい。なにより、しめつけ感の少ないこのシルエットなら、ウエストラインが消滅した卵体型もばっちりカバーしてくれるはず。

山本歯科クリニックに行くときはいつもはカジュアルな格好をしている。虫歯の治療にあまりオシャレして行くのも変だから。でも、食事となると話は別だ。このワンピースを着て行ったら、山本くんはどんな顔をするだろう。「なんだか見違えちゃったな」眩《まぶ》しそうにあたしを見る笑顔が浮かんできた。

店員に渡されたフェイスカバーをかぶってワンピースを頭から着た。ツルリとした裏地の感触が気持ちいい。よしっ。「大人かわいい」ワンピースを着て六割増しになった姿をイメージしたところで、フェイスカバーを外した。

うん。悪くない。鏡を見ながら、太ももあたりにまとわりつく布を引っ張ってみた。ますますいい感じ。

「お客様、いかがですかぁ」

カーテンの向こうから、鼻にかかった甘ったるい声が聞こえてきた。

「はーい、今出まーす」

髪の乱れを直し鏡に向かって微笑んでみる。大丈夫、二の腕も膝から下も見えているところは細い。こうして見ると、まだまだあたしも捨てたもんじゃない。姿勢をただして、さっとカーテンを開けた。

試着室の前で待ち構えていた店員と眼があった。

「うわっ。全然アリじゃないですかぁ」

店員は不自然なくらい長いつけ睫毛をぱしぱしさせている。

全然アリ……。それってフォロー？

ものすごく似合うような気がして試着したし、実際かなりいい線いっている、と思っていたのに。急に不安になってきた。いや、でも、5センチヒールを履けば、もっとしっくりくるはず。店員だって「すごくお似合いですぅ」と絶賛するに違いない。

パンプスを履いて試着室を出る。売り場からはこっちが見えないようになっているから、人目を気にせず鏡に見入ることができる。白い壁をバックに立ち姿を映そうとしたら、店員がぴたっと体を寄せてきた。結衣より三、四歳上ぐらいだろうか。今どきの子らしく顔が小さい。隣にいるとこっちの丸顔が変に目立ってしまう。やだ、なんだかちょっと顎のラインがたるんできたみたい。

店員はまた、つけ睫毛をぱしぱしさせた。

「ゆるかわシルエットだしぃ、丈もちょっと長めですから、ホント安心して着られますよねぇ」

あんたみたいな下半身デブのおばさんは特にね、と心の中で言ってんじゃないか。ダメだ、あたしったら、すごく卑屈になっている。

「パーティかなんかですか」

「いや、別に。ちょっと食事に行こうかと思って」

　店員はちらりと苑子の左手の薬指を見た。

「うわぁ、いいなぁ。ダンナさんもこれなら喜ぶと思いますよぉ」

　これだから若い子は。旦那と食事に行くのにわざわざ服なんか買ってらんない。ほんとなんにもわかっちゃいないんだから。

「もう少ししたら、カーディガンとか羽織ったりしてもいいですね。ちょっとハードなジャケットとか合わせてみても面白いしぃ」

　なんでこんな蒸し暑い季節にハードなジャケットをコーディネイトしなきゃいけないんだろう。意味不明のアドバイスに相槌を打ちながら、横を向いたり、腰をひねったりしてみるけれど、なんだかさっきまでとは違う。カーテン一枚隔てた外に出てみると、「全然アリ」とは思えなくなってきた。

　そのとき、ふたつ隣の試着室から二十代半ばの色白の女が出てきた。

　なんでまたよりによって？

　あたしと色違いのワンピースを着ている。

「すてきぃ。すっごくお似合いですぅ」

　試着室の近くで棚の服を畳み直していた店員が飛んできて感嘆の声をあげた。つけ睫毛の店員も女のほうを見て眼を細めた。この微笑み、さっき試着室から出たあたしを見たときとは、全然違う。

絶賛されている女をもう一度、横目で見た。

えもいわれぬ敗北感が押し寄せてきた。

なんなの、あのスタイルのよさは？　よく見ると顔は地味だ。でも……。トルソーマネキンに着せてあったときのままのふんわりとしたライン。抜けるように白い肌にホワイトベージュがよく映えている。

それに比べて……。鏡の前のもっさりとした自分が情けなくなってきた。心なしか、さっきより肌がくすんで見える。あの女みたいに腰回りがふんわりともしていない。

「いかがですかぁ。このワンピ、ホント超人気なんですよぉ」

つけ睫毛の店員は何事もなかったように向き直って営業スマイルを浮かべた。

「うーん」

曖昧に返事して試着室に戻った。

カーテンをしめた途端、ため息が漏れた。

小さな試着室を見回した。

昔は、この場所が大好きだった。ああ、163センチ46キロをキープしていたあの頃に戻りたい。なにを着てもうっとりするほど似合って、試着室に何枚も服を持ち込んではひとりファッションショーを楽しんでいた。モデル気分で試着室のカーテンを開けると、「かっわいい」「うわっ、ファッション雑誌から抜け出てきたみたい」などと店員が絶賛してくれた。

だけど今は……。嫌だ、なにもかもこの肉がだぶつく体のせいだ。

鏡に背を向けてそそくさと着替えた。

カーテンを開けると店員が駆け寄ってきた。「いかがですかぁ」と言うかわりに、こっちを見てにっこり笑う。

「あの、思っていたのと、ちょっとイメージが違うんで。すみません。もう少し考えてみます」

「そうですかぁ」

脱いだワンピースを渡すと、店員は事務的な笑みを浮かべた。他のワンピースを薦めてさえくれない。

Tonight, we are young

So let's set the world on fire

この曲、たしかこの前もかかっていた。結衣もときどき聴いている。誰のだっけ？　昔、クイーンに似た曲があったけど、そのタイトルすら思い出せない。

「いらっしゃっせぇぇ～」

「店内ご覧くださいまっせぇぇ～」

どこから声を出せば、あんな発声になるのか。なんであそこまで語尾を伸ばすのか。店員が奇妙なイントネーションで新たな客を呼び込んでいる。

そういえば……。横長の店内を見回した。服を見ている四人の客はいずれも二十代に見える。今さらながら気がついた。あたしはこの店で最年長の客なのかもしれない。

「それステキですよねぇ。このワンピ、ホント超人気なんですよぉ」

つけ睫毛の店員はもはやこっちには見向きもしない。店に入ってきた客にさっき苑子が試着したワンピースを薦めている。ミニスカートを穿いた客の細くて長い脚に眼がいく。ピンクベージュのふんわりシルエットを着こなせるのは、贅肉とは無縁のああいうスタイルの子だ。

ひっそり店を出て、ピンクの壁に描かれている店名を見た。

「Mademoiselle《マドモアゼル》 Gigi《ジジ》」

そこそこ流行りを押さえていて、なおかつリーズナブルなので、駅ビルに入っているこの店をずっと重宝してきた。でも、ここはマドモアゼルの店。四十三歳のマダムはお呼びじゃない。そろそろ、いや、もういい加減この店は卒業なのかもしれない。

エスカレーターに乗った。サイドの鏡にどんよりとしてキレがない体の女が映っている。いつの間にこんなおばさん体型になってしまったんだろう。ああ、似合う服が毎年減っていく。

山本くんとの食事まであと十日。今からじゃ、どう足掻《あが》いても痩せられない。ひとり勝手に盛り上がっていた気持ちが一気に萎《しぼ》んでいく。

ビルを出ようとしたら、バッグの中から振動が伝わってきた。誰からだろう。携帯を取り出すと、メールマークが表示されていた。

もしや？

駅前広場の銀色のベンチに座って、急いでメールを開いてみる。

やった。山本くんからだ。

画面をタッチする指が躍る。

〈先ほどはお疲れさま。いま、ちょっと遅めの昼メシ食っています。来週の金曜日だけど、駅近くの『はんなり家《や》』という店にしようかなと思っています。七時半の予約でいいかな。店に直接にする？　それともどこかで待ち合わせる？　いまからとっても楽しみだな〉

「はんなり家」か。小じゃれた懐石料理を出しそうな店だ。きっと落ち着いた雰囲気なのだろう。ひとりで直接行くよりも、どこかで待ち合わせして山本くんにエスコートしてもらいたい。

すぐに返信しようかと思ったけれど、画面の前で指が止まった。あんまり早いと、物欲しげな女と思われるかもしれない。やっぱり家に帰ってからにしよう。

来週の金曜日か。

すごく待ち遠しい。やっぱりそれなりの服を着ていかなきゃ。でも、あたしに似合う服はどこにあるの？　この卵体型じゃなにを着てもサマにならない。哀しきファッションジプシー。ほんとにどうすればいいんだろう。服のことを考え出すと、また憂鬱になってくる。

足元では、三羽の鳩がうろついている。クルックークルックーという声に混じってくぅぅとお腹が鳴った。

そういえば、きょうはまだお昼を食べていなかった。バッグの内ポケットから不二家のソフトエクレアを取り出した。山本歯科クリニックに通い出してから、甘いものは控えるようにしているけれど、これだけはやめられない。

〈だから、デブになるんだって〉

どこからか結衣の声が聞こえてくる。でも、こんな日は甘いものでも食べなきゃやっていけない。

銀色の包み紙をむいて口の中に入れた。安心の甘さが広がっていく。キャラメル部分を三、四回舌の上で転がしてから、ゆっくりと噛む。中からバニラクリームがにゅにゅにゅにゅぅっと出てきた。この瞬間があるから、ソフトエクレアはやめられない。

でも、昔食べたソフトエクレアに比べると、ちょっとだけ物足りない。昔はもっと濃厚な甘さで、それこそ差し歯も取れるんじゃないかというくらい歯ごたえがあったのに。数年前に復活してからソフトエクレアは微妙に味が薄くなってしまった。

お菓子もあたしも、もうあの頃には戻れないの？

♪ソフトエクレア～　ほっぺたにプレゼント～

気がつけば、ユーミンが昔歌っていたＣＭソングを口ずさんでいた。

9

駅ビルの上には、綿菓子みたいな雲が浮かんでいる。このところ曇りの日が続いていたので、青空を見るのは久しぶりだった。

天気とはうらはらに気分は沈んだままだ。さっき試着室の前で見た自分の姿が頭から離れない。実年齢よりもずっと若く見えると勝手に思い込んでいたけれど、本物の若い子と並べば、肌がくすんだ小太りのおばさん。それが四十三歳の現実だ。

パチンコ屋やゲームセンター、居酒屋がごちゃごちゃひしめく駅前の繁華街を通り抜け、建て売りの戸建てや古いマンションが並ぶ道に出た。イチョウの葉が青々と茂る緑道をたらたら歩いていく。ところどころに桔梗《ききょう》の花がふわりと咲いている。きれいだ。桔梗なんて地味な花、昔は好きじゃなかったのに、いつの間にか、良さがわかるようになってきた。そうやってあたしも確実に年をとっていく。

緑道を抜けたところで十階建てのマンションが見えてきた。隣には先月完成したばかりの十二階建てマンションがある。真新しい建物と比べると、築十六年のマンションはさすがにすすけている。サンドベージュの外壁の小さなひび割れや雨染みがきょうはやたらと目につく。

「こ・ん・に・ち・は」

エントランスに入ろうとしたところで、後ろから声をかけられた。やれやれ、この甘ったるい声は……。口角を引き上げて、振り返りながら言った。

「どうもぉ」

上の階に住む谷岡美月が笑顔で立っていた。着道楽の美月は会うたびに服が違う。Vネックの黒いカットソーにエメラルドグリーンのスキニージーンズ、バッグとミュールはレオパード柄で揃えている。格好だけは若いけれど、こうして陽の光にさらされると、やはり年相応。目尻の小皺と毛穴の開きは隠せない。

「お久しぶりですぅ」

そう言って、美月はエントランス脇の花壇の前で立ち止まる。色とりどりのペチュニアが咲いているこのスペースは美月のお気に入りだ。数日前に立ち話したばかりなのに、よっぽど話し相手に飢えているのか。「ごめんなさい。ちょっと急いでるから」と言う間も与えず、「どちらまで?」とすり寄ってくる。

「ちょっとその辺まで。美月さんは?」

美月は得意げにシルバーの紙袋を掲げて見せた。「Tinkle《ティンクル》 Tail《テール》」。さっき行ったマドモアゼルジジの隣にある店だ。

「お洋服買ったんだ」

「そうなんですぅ。お盆休みにダンナとタイにバカンスに行くんで。ちょっとリゾート系の服をね」

お盆って。まだ半月も先のことじゃない。だいたい、パートもしていない専業主婦なのに、どうしてそんなにたくさん服が買えるのか。こっちは、十日後に着ていく勝負服がなくて焦っているのに。

「あたしね、服選んでいるとき、苑子さんのこと見かけたんですよぉ。店の前をスーッと歩いていったから、声かけそびれちゃってぇ」

「そうなの」

しまった。肩を落として歩いていたところを見られたかもしれない。

「あ、どうもぉ」

美月がにこやかに頭を下げた。振り返ると、裏の自転車置き場から小太りの女がスーパーの袋片手にやってきた。十階に住む遠藤武子《たけこ》だ。肘までめくり上げたデニムシャツの下にレギンスを穿いていている。五十五歳の貫禄《かんろく》に満ち満ちた太ももを見ていると、自分はまだまだ華奢だと思えてくる。

「こんにちは」

頭を下げると、武子は挨拶がわりに作り笑いを浮かべた。

「まあ、まあ、山岸さんと谷岡さん。どこの美人姉妹かと思ったわ」

「えーっ、そんなことないですぅ」

否定しているのは「美人」なのか「姉妹」なのか。美月はとんでもないとばかりに手を横にふる。

「まあ、まあ。おふたり揃ってお買い物？」

脂肪に覆われた武子の眼が美月が持つシルバーの紙袋をちらりと見た。

「いえ、たった今、ここで会ったばかりなんですよ」

本当はあたしも早く家に帰りたいんですけどねぇ。眼で訴えてみたけれど、気づいているのかいないのか、武子はスーパーの袋をよっこいしょと持ち直しただけだった。

「若い人たちはいつも楽しそうでいいわぁ。じゃあ、せっかくのお喋りを邪魔しちゃ悪いから。あたしはここで、ね」

武子がマンションの中に入っていったのを見届けてから美月は小声で囁いた。

「知ってますぅ？　ここだけの話だけどぉ、遠藤さんのとこ、今大変なんですよぉ。あそこのご主人、あと二年で定年なのに二十も下の部下に手を出しちゃったみたいでぇ。その部下がこの前、家に乗り込んできてひと悶着《もんちゃく》あったんですって」

「そうなの、全然知らなかった」

「やだぁ、みんな知ってますよぉ。遠藤さん、『出てけ、この泥棒猫！』って、ドラマみたいなタンカ切って追い返したんですって」

マンションの住民がみんな知っているのは、この調子で会う人、会う人に美月が喋っているからだろう。越してきて三ヶ月しか経っていないのに、並外れた嗅覚と情報収集力でいまやマンション一の情報通だ。

「それより苑子さん、あのビルよく行くんですかぁ」

「そうねぇ。わざわざ二子玉まで足を延ばさなくても、あそこでだいたい買いたいものは揃うから。ちょっと時間ができるとたまにのぞきに行くの」

「そうだ、今度一緒にお買い物行きましょうよぉ。苑子さんとお買い物なんてすっごく楽しそう。苑子さん、オシャレだから、いろいろアドバイスしてください」

アイラインに縁どられた美月の眼が好奇心で輝いている。誰かに似ていると思ったら、さっきのつけ睫毛の店員だ。美月もあの店員も化粧を落とせば、眼が半分くらいになるに違いない。

「ええ、機会があったら、是非」

機会があっても、美月とだけは絶対に行かない。この手のタイプは試着した姿を「見せて、見せて」と言ってきて、したり顔で役にも立たないアドバイスをするに決まっている。

「あ〜、すっごいタイミング。こんにちは〜」

美月が胸の前で小さく手を振りながら、猫撫で声を出した。次のカモは誰？ 振り返ると、結衣がこっちへ向かってきた。

「こんにちはー」

家では絶対に見せないような笑顔で結衣は頭を下げた。声もいつもより一オクターブは高い。

「大学？」

「いいえ。バイトの帰りです。ママったら、こんなところで立ち話しないでお家にお招きしたら？」

お家にお招きしたらなんて、どの口が言うんだろう。〈化粧の濃いちゃらっちゃらした女〉とか〈あのチョコレート溶かしたみたいな声がキモい〉とか、陰では言いたい放題のくせに。

「えー、いいんですよ。あたしがお引き止めしてるだけだからぁ」

「そんなことおっしゃらず、いつでもいらしてください」

そこまで言って、こっちを見た。

「じゃ、あたし、先に帰ってるからね」

結衣はもう一度、頭を下げ「お先に失礼します」と言うと、木目の自動ドアの向こうへ消えていった。

なんなの、あの外面《そとづら》の良さは？　いつもの仏頂面で通り過ぎて行ったら、それはそれで不愉快だけど、あそこまで愛想がいいとかえって腹が立つ。

美月は眼を細めて言った。

「結衣ちゃん、最近すっごく女の子っぽくなりましたよねぇ」

結衣も結衣なら、美月も美月だ。あの子のどこが女の子っぽくなったのか。肩まで伸びた髪はひとつ結び、グレーのTシャツにダメージジーンズ、化粧っけゼロの結衣は中学生の頃から少しも変わっていない。

「そんなことないわ。色気も素っ気もなくて困ってるのよ」

「えー、なんか雰囲気変わりましたよぉ。この前だって、駅前で彼氏とすっごく楽しそうに歩いてたしぃ」

「誰が?」

「誰がって、結衣ちゃんです。やだ、知らないんですか」

まさかあの結衣が。喉もとまで出かかった言葉を呑《の》み込んだ。ここで知らないなんて言うと、会話のない親子と思われて、また、あることないこと、噂話のタネにされてしまう。

「うーん、うちはそういうこと、娘の意思に任せてるっていうか、放任主義だから」

「そうなんですかぁ。でも、いい感じのカップルで。結衣ちゃんの彼氏、なんかちょっと母性本能くすぐるタイプなんですよぉ」

あの結衣に彼なんて。そんなことありえない。今朝だってあの子のゴムが伸びた百均パンツを洗濯したばかりだ。いったい何がどうなってるの? ここは一刻も早く帰って結衣を問いたださなきゃ。

「じゃあ、わたし、そろそろ……」

木目の自動ドアの前に踏み出そうとしたら、美月がすっと腕をつかんだ。ここからが本題とばかり、にやりと笑う。

「それよりね、あたし、もっと面白いもの見ちゃったんですぅ」

「面白いものって？」

咄嗟《とっさ》に訊き返してしまう自分が情けない。

「それがぁ、山本歯科クリニックの山本センセイがぁ、もう、びっくりなんですよぉ」

山本。その名を聞いただけで脈拍が速くなってきた。動揺を悟られないように、できるだけ感情を込めずに言った。

「あら、山本センセイがどうかしたの」

「どうしたもこうしたも。山本センセイったら、この前、終電近くに駅前で女と腕組んで歩いてたんですよ。その相手って誰だと思います？」

こっちの返事など待たずに美月は続けた。

「あたし、我が眼を疑っちゃった。だって、山本クリニックのあの超地味な歯科衛生士と歩いてるんだもん」

「ほんとなの、それ？」

そんなはずはない。なにかの間違いだ。山本歯科クリニックの歯科衛生士といえば、結衣に負けず劣らず、色気も素っ気もない女だ。

山本くんたら、なにを血迷ってあんな女と？

いや、でも……。言われてみれば、診療室で山本くんと話していると、よくあの女の視線を感じる。

「ねぇ、びっくりでしょう。山本センセイがよりによって、あんな地味で暗～い女と。でもね、あのふたりは絶対にデキてますね。だって、あの女、いつもの縁なし眼鏡じゃなくてコンタクトなんかつけちゃって。もうピンクのラブオーラ出まくりだったもん」

じゃあ、なんでまたあたしを食事に誘ったりするわけ？　喉もとまで出かかった言葉をもう一度呑み込んだ。全身から力が抜けていく。ひどい、ひどすぎる。

「苑子さん？　どうしたんですかぁ」

「ううん、別に。ただちょっと。あんまり意外な組み合わせでびっくりしただけ」

なんとか口角を引き上げてみたけれど、頰が強ばっているのが自分でもわかった。

10

白木のテーブルの上でワイングラスが小気味よい音を立てて重なった。

「乾杯！」

山本くんは優しく微笑んで、赤ワインを口に含んだ。

「さっきから言おうと思っていたんだけど、そのワンピース、すごくよく似合ってるね。駅で見たとき、見違えちゃったよ」

よしっ。

苑子は心の中でガッツポーズを取った。

駅ビルの行きつけの店で、いったんは「似合わない」と見切ったこのピンクベージュのワンピースだけれど、悩んだ末に買って大正解！　昨夜、手持ちの羽織りものをとっかえひっかえしながら何度も袖を通した。そのたびにイメージしていた通りの言葉を山本くんが口にしてくれた。

やっぱりこの黒のリネンのカーディガンとあわせてよかった。ワンピースだけで着るよりずっと色白の肌が際立っているはずだ。9800円の出費も、これでモトが取れた。

「そう？　ありがとう」

苑子は優雅に微笑み返した。きょうは下まぶたに3ミリ幅でピンクのパールシャドウを入れている。〈いつものブラウンの目元にピンクをちょい足しでマイナス五歳の印象に！〉先月の「レコルト」に書いてあった通り、笑顔も若返っているはず。

駅のトイレで塗り直したグロスが落ちないようにワイングラスの縁にそっと口をつける。軽くて飲みやすい。でも、舌に少しえぐみが残った。

この赤ワインって美味しいのだろうか、そうでないのだろうか。もともとお酒は強くないから、よくわからない。

「てかさぁ、家でまったりして、いい感じになってきたところで、いきなりピンポーンだよ。女が来たとわかった途端に彼氏がパッと離れて『わりぃ、これ持ってベランダ出てて』って靴渡したんだって。ひどくね？」

それ、あたしに訊いている？というくらい大きな声が聞こえてきた。

「マジ、ありえねぇし」

「だから、あたし、ナオに言ってやったんだ、『そんな男、別れれば？』って。そしたらぁ、あの子なんて言ったと思う？」

苑子は隣のテーブルのふたり組を横目でちらりと見た。

仕事帰りだろうか、テラリとした素材のブラウスを着た女とニットワンピース姿の女がメンソールのタバコ片手に盛り上がっている。

なんだかなぁ……。

山本くんに気づかれないように小さなため息を漏らした。

この店を予約したとメールをもらったとき、「はんなり家」という名前から、京懐石の店を連想した。古民家風の外観とほの暗い照明のレトロモダンな店内が浮かんできて……。山本くんは、二十二年ぶりの再会を記念した食事にふさわしい店を選んでくれた、と舞い上がっていたのに。十分ほど前、エスコートされたのは、はんなりした雰囲気とはほど遠いパチンコ屋の隣の雑居ビルだった。

「らっしゃい。ご予約の山本様っスね」

頭に手ぬぐいをまいた作務衣姿の店員は、個室でも半個室でもない、四人席に案内してくれた。

ＢＧＭは苑子がイメージしたジャズとは似ても似つかぬＪポップ。大音量に負けじと若いサラリーマンやＯＬがジョッキ片手に騒いでいて、はんなりというより、ちょっとげんなり。

　看板に偽りありとはこのことだ。

　苑子はワインをもうひとくち飲んだ。

　やっぱり、このえぐみが気になる。

　テーブルの真ん中に置かれたワインボトルに目がいく。さっき、メニューに980円と赤字で描かれたのを見て、山本くんは迷わず「これ！」と選んだ。ごくたまに浩介や結衣と行く近所のイタリアンより1000円ばかり安い。

　別に何万円もする高価なワインを飲みたいとは思わないけれど、こっちはワンピースを新調し、その勢いで美容院にまで行ってきたのだ。せめてもう少し……。

「苑ちゃん、酒はけっこう飲めたんだっけ？」

「ううん。ワインだと二杯くらいが限界かな。あんまり飲むと頭が痛くなっちゃうんだよね」

「そうだったっけ。なんかすごく強かった気がしたけど」

「強いのは真理恵のほうよ」

　山本くんは合点がいったように頷いた。

「そっか、ザルだったのは苑ちゃんじゃなくて、あのミスフォンテーヌのほうだったっけ。考えてみれば俺たち、飯食うの、これで二度目だもんな。しかも、二十四年ぶり」

「四年じゃなくて二年よ」

山本くんと出会ったのは大学三年の夏、真理恵が主催した合コンだった。場所は渋谷のダイニングバー。この店よりずっとオシャレな空間だった。相手は歯科医の卵だと聞いて、メイクも服もかなり気合いをいれて行ったっけ。

〈そのワンピース、かわいいね〉

あの日も山本くんは開口一番、褒めてくれた。あたしはお気に入りのキャサリン・ハムネットのワンピースを着ていて、山本くんはたしかラルフローレンの……。

やだ、山本くんったら。あのときもピンクのポロシャツを着ていた。

苑子は二十二年後の山本くんが着ているポロシャツにさりげなく眼をやった。きょうもまた濃いピンク。もしかして、ピンクは勝負色？　左の胸には大きなネイティブアメリカンの刺繍とブランドロゴ。右の胸にはオリジナルワッペンまで縫い付けられている。

ちょっと前にハリウッド・セレブ御用達とかで騒がれたブランドだけど、このデザインは四十六歳の男が着るには若すぎる。それにこの足元。

苑子はそっと視線を落とした。

今どき、素足にローファーって。これはギャグなのか。

そういえば、恋多き真理恵が言っていた。

〈白衣を着ればどんな男も五割増し〉

山本くんも例外じゃない。山本歯科クリニックで診療しているときのほうがずっとステキ、五割、いや六割、ううん七割増しだ。

テーブルに九条ネギとお揚げのはんなりサラダが運ばれてきた。柚子《ゆず》ドレッシングをかけて、取り分けようとしたところで、山本くんが苑子の動きを制した。

「ダメ、ダメ。女の子は、こういう場所で手を動かしちゃ」

苑子の手から取り箸をもぎ取ると、さっと取り分けた。

「はい、どうぞ」

男の人から料理を取り分けてもらうなんて、何年ぶり……というより、結婚してから初めてだ。しかも、女の子だなんて。

現金なもので、優しくされると、ちょっとイタいと思っていた若作りも二割増しに見えてくる。ここが思い描いていた通りのはんなり家だったら、どんなにステキだっただろう。

「うっそぉ、マジで？　ナオってば、あいつも二股かけてたわけ？　だったら、同罪じゃんよぉ。え〜、心配してやって損したぁ」

　隣の女の声がパワーアップした。

　ちょっと、もう少し静かにしてくれない？　思わず口にしそうになる。

「さぁ、食べて。このサラダ、すっごく旨《うま》いんだよ」

　この騒音が気にならないのか。山本くんは爽やかに笑った。大きな二重まぶたが三日月の形になる。この笑顔だけは、どこにいても何を着ていても変わらない。

「いただきます」

　カラーリングしたばかりの艶やかな黒髪を片耳にかけ、苑子は箸を取った。細く刻まれた九条ネギが歯にひっかからないようにゆっくりと咀嚼《そしゃく》する。

　グラスの中のワインが少なくなってきた。

　頬のあたりが少し熱い。

「あと一杯くらいは飲めそう？」

「ええ」

山本くんがこっちを見る。

男の人にじっと見つめられるのも本当に久しぶり……いや、違った。

この前、真理恵の彼の伸治に会ったとき以来だ。あの、老けたのび太もこっちの眼をのぞきこむように話していた。

でも、同じ見つめられるにしても、大きく黒目がちな眼とイタチみたいな眼とではまるで違う。山本くんの眼は女を酔わせる力がある、ような気がする。

山本くんは、ボトルの底を持ってグラスにワインをつぎ足してくれた。

「ありがとう」

いけない、あたしったら、ついうっかりして……。眼の前のグラスが空になっていた。急いでワインボトルに手を伸ばすと、山本くんは笑顔で首をふり、自分のグラスにワインをなみなみ注いだ。

そうだった。さっき、言われたばかりじゃない。女の子はこういう場所では手を動かしちゃいけないんだ。主婦歴二十年。家でコマネズミのように働いているうちに、すっかり忘れていた。すべて殿方に任せてゆったり微笑んでいるのが愛され女のマナーだった。

こういう扱い、嫌いじゃない。

苑子はワイングラスをゆっくりまわしてみる。なんだか昔に戻ったみたいだ。

大学で準ミスフォンテーヌに選ばれた頃は、あたしもそれなりにチヤホヤされていた。取り巻きの男の子たちは山本くんみたいに、あたしを大事にしてくれたっけ。〈苑ちゃんは、ただ笑っていてくれれば、いいんだよ〉なんて言って、荷物を持ってくれたり、車で送り迎えをしてくれたり……。

苑子はワインをほんの少し口に含んだ。アルコールがまわってきたのか、ふわーっと気持ちが軽くなってきた。相変わらず店はうるさい。Jポップは大音量だし、隣の女たちは大声で話している。

でも、酔えば都。さっきほど気にならなくなってきた。

「おっ、待ってました」

山本くんは運ばれてきたばかりの万願寺《まんがんじ》とうがらしの豚バラ肉巻きをほおばった。

「うまっ」

思わず、綻《ほころ》んだ顔がかわいい。

なんて表情豊かに食べる人なんだろう。その姿に見入ってしまう。あたしが愛情込めて作った料理を黙々と無表情で食べるだけの浩介とは大違いだ。

「苑ちゃん、食べないの？　うまいよ、これ。それに、この京風串揚げもクセになる味なんだよ」

「この店、よく来るの？」

離婚して八年。自己申告では、ひとり暮らしが長い山本くんだ。毎日の食事はどうしているんだろ。バツ1男の私生活をのぞいてみたい。

「うん、けっこう来てるかな。自分でメシを作るのも嫌いじゃないんだけどね。仕事終わって疲れたときなんかは、今から家帰って、米炊くのかと思うとすげぇ面倒になってさ」

「ひとりで来るの？」

「だね。あとは、ターコ誘ってサクッと食って帰ることが多いかな」

「ターコ？」

なに、その女？

「ああ、ゴメン、ターコってうちの歯科衛生士だよ」

こともなげに山本くんは言った。

山本歯科クリニックの受付に座る縁なし眼鏡の女が浮かんできた。あの愛想のかけらもない歯科衛生士、ターコっていうんだ。

よりによって、こんなところで、あの女が話題にのぼるなんて……。

この前、噂好きの美月が言っていた。駅前で山本くんとターコが歩いているのを目撃した、と。

〈あのふたりは絶対にデキてますね。だって、あの女、いつもの縁なし眼鏡じゃなくてコンタクトなんかつけちゃって。もうピンクのラブオーラ出まくりだったもん〉

やっぱりふたりはつきあっているのか。一気に気持ちが萎んでいく。山本くんは独身だし、あたしは人妻だし、文句をいえる立場じゃないけれど。

でも、だったら、なんであたしを誘ったの？　さっきから、なんでそんなに思わせぶりな視線を送るの？

さりげなさを装って言ってみる。

「ターコって呼んでるんだ。随分親しいのね」

「はっ？」

山本くんが戸惑ったように瞬きをした。

ダメだ、全然さりげなく言えなかった。

「親しいといえば親しいけど……、まあ、あいつとは兄妹《きょうだい》みたいなもんだから」

「えっ？」

今度は苑子が訊き返した。

「あれ、話してなかったっけ？　俺たち、イトコ同士なんだよ」

「イトコなの？」

「そう。母親同士が姉妹なわけ。家も近所だったし、お互いひとりっ子だったから、ちっちゃい頃から兄妹みたいな感じでさ。職場では一応『先生』だけど、ふだんはあいつ俺のこと『お兄ちゃん』って呼んでるし」

「イトコと働いてるんだ」

山本くんは京野菜焼きそばを箸に絡めながら頷いた。

「うちの元嫁、ありえないくらい嫉妬深いうえに歯科衛生士出身だったから。うちで働いている子のチェックも厳しくてね」

前に雇っていた、かわいめの歯科衛生士をイビリ倒して辞めさせたのだと山本くんは肩をすくめた。

「で、オジサンの家で働いてたターコに目をつけて、引き抜いてきたってわけ。ほら、あいつ、あの通り、地味でしょ。そのうえイトコなら、安心だって思ったんだろ。ま、俺も職場でどうこうとかは全然考えてないし。気心のしれたターコなら働きやすいかなと思って、もう十年以上いてもらってんだ」

ふたりは腕を組んで歩いていたと美月は言っていた。どう見ても、あれは恋人同士だった、とも。

でも……。好奇心に満ち満ちた美月の顔が浮かんでくる。

あのウワサ製造機のことだ。尾びれ背びれをつけて話を盛ったに違いない。少なくとも、山本くんはターコのことを女として意識していないように見える。なにより、イトコ同士なのだ。色恋沙汰なんてまずありえない。

これで障害がなくなった、というより、はじめからターコは障害ですらなかった……。やだ、あたしったら、ひとりでヤキモキして。急に気持ちが軽くなってきた。

苑子は万願寺とうがらしの肉巻きをひとつつまんだ。おいしい。豚肉の自然な甘みをとうがらしが引き立てている。

やるじゃないか、はんなり家。

「ホントこれ、すごく美味しいわ」

「だろっ」

山本くんは自分が褒められたみたいに嬉しそうに笑った。

ほんとにこの人の笑顔はステキ。

「……あれ、苑ちゃん、少し酔った？」

「わたし？　顔、紅《あか》いかしら」

「うん、苑ちゃん、色白だからな」

大きな眼が少し眩しそうにこっちを見ている。

「でも、悪くないよ、その桜色のほっぺ。ねぇ、苑ちゃんって、温泉とか入っても、そういうふうになるわけ？」

胸の鼓動が激しくなった。

山本くんったら、いきなり温泉だなんて。

湯上りに浴衣《ゆかた》を着て、はんなりと微笑む自分の姿が浮かんでくる。

ここで「紅くなる」と答えれば「そっか、見てみたいな、苑ちゃんが温泉つかって桜色になってるところ。ついでに浴衣姿もさ」とかなんとか……。きっと温泉旅行に誘われる。

苑子は猛スピードでシミュレーションした。

そんなの困る、あたし、まだ心の準備ができていない。

きょうのところは、ふたりで楽しく食事して、盛り上がったら、二軒目にこじゃれたバーにでも行って、別れ際に次の約束をとりつけることができたりしたら、この上なくラッキーだと思っていた。まずは飲み友達から始めるつもりだったのだ。

これじゃ、あまりに展開が早すぎる。まだ、ふたりは始まったばかりじゃない。これから、ゆっくりと恋のプロセスを楽しんでいこうと思っていたのに。

ここでなんとか話題を変えなきゃ……。

「うん、かなり紅くなっちゃうみたい」

なに言ってるんだろ、あたし。

「いいねぇ」

山本くんは満足そうに頷いた。

「見てみたいなあ、お湯で桜色に染まった苑ちゃん」

やっぱり、そう来た。

「俺、弱いんだよね。浴衣着てさ、頬が桜色になってるのってたまんないよな。それこそはんなりした色気ってやつ？ってなんか俺、オッサンくさいかな？」

「ううん、そんなことないけど」

山本くんはワインを流し込むと、こっちに顔を寄せてきた。

「でも、真面目な話、行ってみない？　温泉に」

「えっ」

胸の鼓動がますます激しくなってきた。

どうしよう。

温泉に行くということは、つまりはあたしたち……。

山本くんの眼を見た。

じぃーっと見つめすぎてしまったか。山本くんは視線をグラスに落とした。

「あの、苑ちゃん……」

なんだか向こうも動揺している。

「なに？」

「わかってると思うけど、温泉行くっていっても、苑ちゃんの旦那さんも一緒だよ。うちの拓海《たくみ》もそれから結衣ちゃんも」

はぁ？

「まあ、みんなで親睦を深めるっていうか、なんていうか、だって、ほら……」

思わず山本くんの言葉を遮った。

「タクミって誰？」

「ヤダな、うちの息子だよ」

うちの息子って？

ちょっと待って。

「あの、じゃあ、結衣ってどういうこと？　なんで山本くん、結衣のこと知ってるの？」

「っていうか、苑ちゃん、なんにも聞いてないの？」

なにが？　と言いかけて、口をつぐんだ。

そうだ、美月が言っていた。結衣が彼氏らしき男と駅前を歩いていた、と。

あの話を聞いたときは、百均のパンツを愛用している結衣に彼氏なんてできるはずがない、きっと美月の見間違いだ、と思っていた。

でも……。

ようやく話が見えてきた。

その「彼氏」が山本くんの息子ってこと？

そんな偶然あり？

結衣ったら、なんにも話してくれないから。てっきり山本くんは……。

ああ、何をやってるんだろ、あたし。顔がカーッと熱くなってくる。ひとりで舞い上がってバカみたい。恥ずかしすぎる。まったくどうしてくれるの。

苑子は山本くんに気づかれないように息を整えて、口角を引き上げた。

「なんだ、そうだったの。結衣から、おつきあいしてる人がいるとは聞いていたけど、まさか、そのお相手が山本くんの息子さんだったなんて、思ってもみなかったわ。うちはね、その、放任っていうか、娘ももうすぐ十九歳なんで、あんまり干渉しないようにしてるの」

そっか、と山本くんは頷いた。

「苑ちゃんとこと違って、うちは離れて暮らしてるからなあ。親子っていうより兄弟？　いや、友達みたいな感じかな。とにかくそういうこと、すごくオープンなんだよね。でもまぁ、そういうわけで、考えてみてよ、みんなでほっこり温泉旅行」

そうね、と微笑んでみせた。

なにが悲しくて夫同伴で温泉に行かなきゃいけないんだ。そんな旅行、絶対にナシ。

「ところで、山本くん、結衣にはいつ会ったの？」

「いや、それが俺も先週紹介されたばっかかで。結衣ちゃんたちともここに来たんだよ。メールしようかと思ったけど、どうせきょう会うから、会ってから話そうと思って」

結衣め、このあたしを差し置いて……。こみあげてくる怒りを抑えながら、ワインを飲んだ。

「考えてみたら、俺たち、すっごく縁があるよね。息子と娘がつきあうようになるだけでもびっくりなのに、二十四年ぶりに偶然再会しちゃうんだもん」

「四年じゃなくて、二年ね」

「そうそう、二十二年ぶり。最初、結衣ちゃんに会ったとき、山岸っていうから、もしやと思って訊いてみたら、『山岸苑子の娘です』だって、ほんと驚いちゃったよ」

「あたしたち、あんまり似てないでしょ」

「うん、ぱっと見はね。でも、笑った顔とか、やっぱり親子なんだなぁと思うな。結衣ちゃん、明るくてほんといい子だよね。うちの元嫁はヒステリックなとこあって、拓海とも相性悪くてさ。その影響か、あいつ暗～いヤツだったんだよ。だけど、最近よく笑うようになって。それって絶対に結衣ちゃんのおかげ。ほんと感謝してるんだ」

　愛想のかけらもない結衣だが、昔から外面だけはいい。その拓海くんとやらにも家では絶対に見せない笑顔を振り撒《ま》いているのか、そう思うと余計に腹が立ってきた。

「結衣ちゃんも苑ちゃんと同じ聖泉大学に通ってるんだってね」

「そう今、一年生」

「やっぱ、ミスフォンテーヌを狙ったりするのかな?」

「まさか。結衣に会ったんでしょ。あの地味な子が……」

「そうかな、たしかに化粧っけはないし、服もギャルっぽくないけど、よく見るとスッとして綺麗な顔立ちしてるよ、あの子。俺、ああいう小づくりな顔好きなんだよね」

山本くんはそう言って眼を細める。まんざらお世辞でもないらしい。

でも、なんで褒められているのが、あたしでなく結衣なんだろう。

「そういえば、ミスフォンテーヌといえばさ、『レコルト』で、モデルやってる鮎川由美子って、たしか苑ちゃんと同じときに準ミスだったんだよね?」

鮎川由美子。なんでここで、その名前を出してくるわけ?

「そうだけど、山本くん、『レコルト』なんてよく知ってるわね」

「だって、ほら、うちの待合室にも置いてあるから。っていうか、ターコがあの雑誌の愛読者で、鮎川由美子の大ファンなんだよ。で、俺も興味本位でパラパラめくってみたら、いいねぇ、鮎川由美子。小づくりですらっとしてて、超俺好み」

山本くんの口元が緩んできた。なに、この表情。ヤな感じ。

「てか、鮎川由美子、二十四年前の合コンにも来ればよかったのに。そしたら、俺の運命も変わってたかもしれない」

二十四年じゃなくて二十二年。もはや言い直す気にもならない。

「やっぱり、同じ時期に準ミスフォンやってたりしたら、今でも交流とかあるわけでしょ」

「わりと」

向こうはカリスマモデルで、こっちはただの専業主婦。いまだに交流なんてあるはずがない。それどころか連絡先すら知らない。だけど、反射的に頷いてしまった。

すげえな、山本くんは心から感心したように苑子を見つめた。

「あの、苑ちゃん」

なにやら上目づかいになっている。

「もしよかったら、鮎川由美子、紹介してくれないかな。俺、マジで会いたいんだよね」

持ち上げかけたワイングラスを危うく落としそうになった。

今、なんて言った？

〈鮎川由美子、紹介してくれないかな〉

山本くんの言葉が毒のように全身を巡っていく。

それが、あなたのきょうのメインテーマだったの？

腹の底からマグマのように熱い塊がせりあがってきた。でも、ここでキレたら、女がすたる。

苑子は小首を傾げてみせた。

「うーん、紹介してあげたいのはヤマヤマだけど、どうだろう。由美子、ものすごく忙しいみたいだから」

我慢、ここでキレたら負け。ひたすら我慢……と自分に聞かせても、怒りで語尾が震えるのを抑えきれなかった。

「そこをなんとか。頼む、昔の友達のよしみでさ」

山本くんは拝むポーズをして頭を下げた。

なんなの？　拝んで頼むほど、由美子に会いたいわけ？

苑子はワインを一気に飲んだ。

あたしは息子の彼女の母親で理想の女の同級生。それ以上でもそれ以下でもない。

なのに、ひとりで張り切ってバカみたい。怒りと恥ずかしさと酔いが全身をかけめぐっている。

今、あたしのほっぺは、桜色を通りこして真っ赤。顔全体がきっと茹《ゆ》でダコみたいになっているに違いない。でも、いい。

こんなミーハーオヤジ、もうどうでもいい。

皿にとうがらしの肉巻きがひとつ残っている。

苑子はすばやく箸でつまみ、大口をあけて食べた。

11

頭が重い。見えない鎖で締めつけられているみたいにズキズキする。

レースのカーテンごしに入ってくる光がやけにまぶしい。

マンションの裏の公園で遊んでいる子供たちのはしゃぎ声がうるさい。

お願いだから、もう少し静かにして。

苑子はソファの上で寝返りを打った。

うぅっと、うめき声が出る。ちょっと体勢を変えただけなのに。頭全体に新たな痛みがまわり、胃のあたりからは不快感がこみあげてくる。

横目で壁にかかった時計を見た。

もう、こんな時間だ。

もうすぐ二時になろうとしているのに、いまだに昨日の安ワインが体の中に残っている。

なんてバカなことをしたんだろう。ワインはグラス二杯が限界だとわかっていたはずだ。なのに四杯も飲んでしまった。

店を出る頃には千鳥足だった。たしかパチンコ屋の前で、蹴躓《けつまず》いたんだ。大丈夫?と抱き起こしてくれた山本くんは心配だから家の近くまで送ると言ったけれど、あれ以上、一緒にいたくなかった。いいの、あたしはひとりでも平気、ちゃんと帰れますってば、もういい年なんだからとかなんとか言って振り切ってきた。

店から家まで徒歩二十分。どうやって帰ってきたのか、まったく記憶がない。家に戻ったとき、浩介はまだ帰ってきてなかった。

〈なに、タコみたいな顔して。うわっ、酒くさ〉

インターフォンを続けざまに鳴らすと結衣が出てきて、冷たく言い放ったのは覚えている。

〈うるさいっ〉

口に出して言ったかどうか。

一刻も早く横になりたかった。

あんたのせいで、ママは大恥かいたんだからと言いたいのをぐっと堪《こら》えて寝室に直行した。メイクも落とさず、ベッドにそのまま雪崩《なだれ》込《こ》んで、目が覚めたら、頭が割れるように痛かった。

「おまえ、昨日どうした？　ありえないイビキかいてたぞ。ワンピースもベッドの脇に脱ぎ捨ててたし」

クシャクシャになったワンピースをハンガーにもかけてくれなかった浩介は朝食のパンを齧《かじ》りながら、呆れ顔で言った。

「久しぶりに、大学時代の友達と会ったら、すごい盛り上がっちゃって……」

山本くんの発言で一気に盛り下がって、ヤケ飲みしたなんて口が裂けても言えなかった。

「おまえもいい年なんだから。酒は考えて飲めって。おばさんの深酒は見苦しいし、翌日も残るからな。ほら、顔だって、おたふくみたいに腫れてるし」

二日酔いにもめげず六時起きで食事の支度をしている健気な妻に、夫は労りのイの字も見せなかった。

でも、苑子は言い返さなかった。その気力も体力もなかった。なにか言葉にしようと思っても、胃のあたりがムカついて、それどころじゃなかった。

ここまで調子が悪くなったのは、ＯＬ一年目の忘年会以来だった。

二十数年ぶりの泥酔、そして二日酔い。

いい年して、なにやっているんだろ、あたし。

ため息をひとつついて、苑子は上半身をゆっくり起こした。

気持ち悪い。

できるなら一日中、寝ていたい。

でも、夕方にはゴルフに行った浩介が帰ってくる。それまでにシンクの洗い桶《おけ》に入れたままになっている食器を洗って、部屋を片付けて、買い物に行って……。いつまでも、こうしてはいられない。

窓の外でカラスが間の抜けた声で鳴いている。苑子は気合いを入れて立ち上がった。レースのカーテンをあけて陽の光を浴びた。ベランダのプランターの中でペチュニアが咲いている。今朝、水をあげなかったせいか、心なしか元気がない。

そうだ。あたしにも水分が必要だ。なにか飲んでこの胃のむかつきをなんとかしたい。

ふらつきながら、カウンターキッチンの奥にまわり、冷蔵庫をあけると、炭酸入りミネラルウォーターが入っていた。ボトルをつかみとり立ったまま飲んだ。小さな泡が空きっ腹に沁み込んでいく。

ほんの少しだけ、すっとした。

ソファに腰を下ろして、コーヒーテーブルの上にミネラルウォーターのボトルを置いた。

そろそろ電話をかけなきゃ。

コーヒーテーブルの上から携帯を手に取り、発信ボタンを押した。

コール音が二回鳴ったところで電話がつながった。

「はい、山本歯科クリニックでございます」

機械音のように抑揚のないターコの声が聞こえてきた。

「あの、本日二時半からそちらに予約を入れておりました山岸と申します。直前で申し訳ないんですけど……」

お宅の先生と飲んで二日酔いになりまして、と言ってやりたくなったけれど、ぐっと抑えて急用ができまして、と告げた。

「二時半の山岸様ですね。はい、わかりました。次の予約をお入れになりますか」

「えーと、またこちらから改めます」

「わかりました」

お大事に、とマニュアルを読み上げるように言ってターコは電話を切った。

大きなため息が漏れた。

虫歯の治療は火曜日に終わっていた。それでも山本くんの顔見たさに、歯のクリーニングの予約を入れていた。食事に行った翌日にも、また山本くんの顔が見られれば、ラッキーだと思っていた。

でも、もういい。あのミーハーオヤジの顔は二度と見たくない。

〈鮎川由美子、紹介してくれないかな〉

屈辱とともに昨夜の言葉が蘇ってきた。

由美子がこっちを見て笑っている。なに、なんなの、その涼しげな笑顔は。

苑子は、ソファの脇に置いてあるマガジンラックに入っていた先月号の「レコルト」を乱暴につかみ、表紙が見えないように裏返した。

ソファに横たわって、両手で顔をおおった。

山本くんに再会してから一ヶ月とちょっと。あの心浮き立った日々はなんだったんだろう。あの男ときたら、最初から由美子が狙いだったくせに、そんな素振りは毛ほども見せなかった。そのワンピース似合ってるよとか、桜色に染まった苑ちゃんが見たいとかなんとかかんとか。いかにもあたしに気があるみたいなことを言って……。それもこれも、由美子を紹介してもらいたいがためのリップサービス？

ああ、もう許せない。あたしのなけなしの純情を弄んで。

「ちょっと、まだ寝てんの？」

いつの間に入ってきたのか、ドアの近くに結衣が立っていた。

「あぁ、お帰り」

拓海くんにアドバイスでもされたのか。肩まで伸びて引っ詰めにしていた髪がショートボブになっている。

それに……。これも恋のなせる業なのか。無彩色の服しか持っていなかった結衣がライムグリーンのTシャツを着ている。

「どこ行ったかと思ってたら、髪切ってきたんだ。すごく似合ってるわ。イメチェン大成功ね」

「は？」

カウンターキッチンにまわろうとしていた結衣が振り向いた。

「邪魔くさかったから、切っただけだし」

二日酔いにもかかわらず、精一杯、褒めてあげたのに。ほんとにかわいげがないったら、ありゃしない。

「てか、いい加減、起きれば？　あたしが出かける前から、ずっとそこで寝てるじゃん。ったく、トドかよ」

夫からはおたふく呼ばわり。娘からはトド扱い。もう踏んだりけったりだ。

苑子は身を起こして、ボサボサになっている髪をなでつけた。

「ママだって、たまにはしんどいときがあるんだし……」

「てか、なにそれ？」

結衣の切れ長の目がコーヒーテーブルの上で止まったかと思ったら、いきなりつり上がった。

「その水、あたしが昨日買ったんですけど。なんで勝手に飲むわけ？」

苑子は頭を両手で押さえて首を振った。

「ちょっとぉ、ママ、二日酔いなんだから。そんなとがった声出さないで。頭に響くじゃない」

「そんな声ってどんな声よ。てか、そっちの声のほうがキンキン響くんですけど」

ダイニングチェアに乱暴にリュックを置くと結衣は手を差し出してきた。

「水代、120円」

「あげるわよ、あとでちゃんとあげるから」

まったく、この子は、母親が具合が悪いっていうのに文句しか言えないのか。あんたのそのぺちゃんこな胸には優しさや気遣いのカケラも入ってないの？

「水飲んだくらいで、そんなにキーキー言わないの。拓海くんに嫌われるわよ」

「は？」

切れ長の目がこっちを睨んだ。

「なんだよ、拓海って」

「なんだよってことはないでしょ。結衣ちゃんの彼氏でしょ」

昨日、由美子に会わせてくれと言われた瞬間、何かが苑子の中で損なわれた。山本くんに対する興味はすっかり失せてしまった。後半の話題の中心は息子の拓海くん。ときめく大人女子から母親に戻って、体中をぐるぐるまわるアルコールと闘いながら、拓海くんのデータを聞き出してきた。

やぎ座のA型。一浪の末、山本くんと同じ日本歯科大学に入って今は一年生。ひとりっ子で身長は178センチ。山本くんの携帯に入っていた写真を見たかぎり、母親に似たのか、あっさりとした顔立ちだった。超がつくイケメンではない。でも、この前、美月が言っていたみたいに、「ちょっと母性本能くすぐるタイプ」ではある。目鼻の配置をもう少し変えれば韓流《ハンりゅう》スターに見えなくもない。結衣にしては上出来の彼氏だった。

「彼氏じゃねぇって、友達だし」

「またまた。ちゃんと聞いたわよ、拓海くんのパパに」

結衣は「パパって……」と独り言のように呟《つぶや》いてこっちを見た。

「昨日、チャラチャラした格好で浮かれて出ていったと思ったら、拓海のおやじと会ってたんだ」

「別にいいじゃない。ママたちこそ友達なんだから。それより、結衣ちゃん、拓海くんのパパとも会ったんでしょ」

「会ったら悪い？」

「悪かないけど、ただちょっとびっくりしただけ。だって、結衣ちゃん、なんにも話してくれないんだもん」

「話すことなんかねぇよ」

「あら、でも、せっかく彼氏ができたんなら、ママに紹介してくれたっていいじゃない。ママも拓海くんに会ってみたいわ」

結衣はわざとらしいくらい大きなため息をついた。

「だからぁ、彼氏じゃねぇって。そんなキモい眼で見るなって。ったく、男っていえば、つきあうのどうのって、それしか考えられないわけ？　いい年こいたおばさんがチャラッチャラして、人の生活に首突っ込んでくんなって。ウザいんだよ」

「なに、その言い方。親にむかって……」

苑子が言い終わらないうちに、結衣はドアを強く閉めて出ていった。

なんなの、あの子は。

胸のあたりからもやもやとした塊がせりあがってきた。

ゲフッ。

大きなゲップだった。

おばさんみたい。というより、おばさんそのもの。

苑子はソファに背を預けた。

ゲップをしてもひとり、か。

山本くんにはもはや未練はない。

だけど、心ときめいていた日々があっという間に、終わってしまったのだけは悔やまれる。夫からも娘からも、まともに相手にされない、寂しいおばさんにまた舞い戻ってしまった。

白い天井を見上げていると、コーヒーテーブルの上の携帯が震えた。

山本くん？　いや、そんなはずはない。

画面を見ると、美月からだった。メールじゃなくて電話をかけてくるなんて、どうしたんだろう。

「苑子さ〜ん、見ましたよぉ。超かわいかった」

着信ボタンを押すと、いつもの甘ったるい声が聞こえてきた。

「え、なんのこと？」

「なんのって？　やだ、見てないんですかぁ、『レコルト』の9月号！」

「『レコルト』がどうかした？」

そういえば、一昨日「レコルト」が発売されたんだった。山本くんとのデートの準備でドタバタしてまだ目を通してなかった。

「どうかしたもなにも、載ってんですよぉ、苑子さんが」

「あ、あたしが、なんで？」

危うく携帯を落としそうになった。

12

竹澤書店の店頭にある売上げベストテンの棚が見えてきた。

胸が高鳴る。

一刻も早く上へあがりたいのに、エスカレーターはカタカタと暢気《のんき》な音を立てている。

こんなときに、なにノロノロ動いてんのかしら。

苑子はエスカレーターを四、五段駆け上がり、竹澤書店に入っていった。

土曜日の昼下がりの店内は、ほどほどに混んでいた。新刊や単行本のコーナーには見向きもせず右に曲がって女性誌のコーナーへと向かう。

あった。棚の前段中央に「レコルト」が平積みになっている。

ざっくりとしたカーキ色のセーターを着た由美子が微笑んでいる表紙を見つめ、いちばん上の一冊を取った。

〈18ページ、Tの項目、treasure のとこですよ。もう、超かわいくてびっくりで

すよぉ〉

　美月の言葉が蘇ってきた。

　今月号の巻頭特集、〈もっと教えて　笑顔の秘密！　鮎川由美子を彩るＡｔｏＺ〉に苑子の写真が載っているというのだ。

　あ、あたしが？

　聞いた瞬間、あまりの嬉しさと驚きで二日酔いもすっ飛んでしまった。取るものもとりあえず、よれよれのサマーニット一枚で家を飛び出して、駅ビルに入っている竹澤書店までやってきた。

　トレジャー……。あたしの写真が由美子の宝物として紹介されるなんて夢にも思わなかった。ドキドキしながらページをめくった。

　うわっ。

　ページの右上で視線がとまった。

　トロフィーを持った三人の女子大生の写真が載っている。由美子、真理恵、そして右端に苑子。淡いピンクのワンピースの上からかけたたすきには「１９８９　準ミスフォンテーヌ」と書かれている。

　苑子は二十四年前の自分の姿に見入った。

かわいい。なんて可憐《かれん》な笑顔なんだろう。

初めて目にする写真だった。

これを写したのは由美子の友人だろうか。苑子がこれまで何百回となく眺めてきた「栄光の一枚」と同じくらい、いやそれ以上に写りがいい。

由美子は自分の丸顔を気にしてか、伏し目がちに写っている。髪は当時流行っていたソバージュ。今と違って猫背気味だ。とてもフォトジェニックとは言いがたい。

よくこの写真、公開したな。

真ん中の真理恵はさすがミスフォンだけあって華がある。ワンレングスが大人っぽい。大きな切れ長の目をさらに見開いて、ばっちりカメラ目線で微笑んでいる。

でも、初々しさという点ではあたしのほうが……。

苑子はにんまり笑った。絶対に上だ。

写真の下には〈1989年11月28日　聖泉大学フォンテーヌ祭にて〉というキャプションとともに由美子のコメントが載っていた。

〈ゴージャスな女優オーラをまとったミスフォンテーヌの真理恵さん（写真中央）と砂糖菓子みたいにキュートな準ミスフォンテーヌの苑子さん（写真右）。ふたりとも、とても刺激的な存在でした。このふたりと過ごした準ミスフォン時代の思い

出は、今もわたしの大切な宝物。久しぶりにふたりに会ってお喋りしたいな〉

久しぶりに会ってお喋り……って、なんだかあたしたちすっごく仲良しだったみたい。

いったい、どういう風の吹きまわし？

違和感を覚えつつも、ついまた若かりし頃の自分に見入ってしまう。由美子ったら、うまいこと言うな、〈砂糖菓子みたいにキュート〉だって。

ニヤニヤしながら眺めていると、隣にTシャツを着た女がやってきた。同年代、いや、この肌のハリのなさとほうれい線の深さは、少し上か。

ちょっと見てください、ここに若い頃のあたしが載ってるんです。

言葉にするかわりに、フォンテーヌ祭の写真が隣の女に見えるように雑誌を少しずらしてみた。女は眼もくれず、「レコルト」の隣に置いてあるライバル誌を手にとり文庫本の棚のほうに行ってしまった。

なんだ、つまんないの。

苑子は手にしていた雑誌をいったん戻した。堆《うずたか》く積まれた中ほどの、まだ誰の手にも触れられていない一冊を引き抜く。

そうだ、観賞用だけじゃなくて、保存用にもう一冊買っておこう。「レコルト」

を二冊、宝物のように抱えてレジに向かった。

駅ビルの上空を灰色の雲が覆っている。さっきまであんなに晴れていたのに。空模様を気にしつつも、苑子は駅前広場で銀色のベンチに座った。

もう一度、自分の顔を見ずにはいられない。

トートバッグから「レコルト」を取り出し、18ページを開く。

あたしったら、ホントに何度見てもかわいい。

雑誌に写真が載るのはこれが初めてではない。大学時代もいろいろなファッション雑誌に読者モデルとして登場していた。あの頃も自分の載った雑誌が発売されるたびに興奮していた。でも、今のほうが数段ときめいている。

昨夜、山本くんとの食事で自尊心をズタズタにされたからだろうか。「デブ」だの「おばさん」だの、毎日のように浩介や結衣からバカにされているからだろうか。どっちにしても、ままならないことの連続で心がカサカサになっていた。突然の「レコルト」デビューは、えもいわれぬ潤いを与えてくれた。

〈ふたりとも、とても刺激的な存在でした。このふたりと過ごした準ミスフォン時

代の思い出は、今もわたしの大切な宝物。久しぶりにふたりに会ってお喋りしたいな〉

竹澤書店で18ページを開いた瞬間、確信した。これを読んだ90パーセント以上の読者は絶対に思う。

——たしかに刺激的よね、ここに写っている苑子さんって由美子さんより全然かわいいもの——と。

そう、何より嬉しいのは、今をときめくカリスマモデルの由美子が苑子の引き立て役にしか見えないことだ。

でも……。なんで今になって由美子は準ミスフォン時代の写真を公開したりしたんだろう。

伸治は言っていた。

〈由美子にとって、準ミスフォンのアンパンマン時代は、消したい過去なわけ〉

伸治も真理恵に会うまでは、ミスフォンの写真が存在することすら知らなかった。封印されたはずの写真をこのタイミングで公開したのはなぜ？

これって、やっぱり真理恵と伸治がつきあっていることとなにか関係あるんだろうか。そもそもあたしたち、大学を出てから一度も会ったこともない。由美子はあたしが結婚して山岸姓になったことすら知らないはずだ。

そういえば……。

真理恵から連絡がないのも変だ。毎月「レコルト」をチェックして、ああだこうだと由美子のファッションや言動にイチャモンをつけるのが趣味と化している真理恵のことだ。今月号をチェックしてないはずはない。

真理恵の携帯に電話をいれてみた。

コール音が十回ほど鳴って、留守電に切り替わった。

〈最近、週末はシンシンとほとんど一緒なのぉ〉この前会ったとき、そう言ってノロケていた。きょうも、昼間っからデートしてるんだろうか。

「苑子です。今月の『レコルト』見た？　……また連絡しまーす」

留守電にメッセージを録音していると、どこからともなく、湿った風が吹いてきた。

これはひと雨降るかも。

天気が変わらないうちにさっさと夕飯の買い物をして帰ろう。

ベンチから腰をあげると、足元に寄ってきていた鳩がいっせいに飛び立った。

リビングダイニングのドアを開けると、結衣がソファに座っていた。

「ただいま。あら、おやつなんて珍しいわね。お腹すいたの？」

コーヒーテーブルの上の皿には梨が載っていた。ロクに手伝いをしたことのない結衣が剝いただけあって表面がガタガタだ。

結衣は「お帰り」とも言わず、梨をほおばりながら眉間にシワを寄せた。

「この梨、甘くねぇーし。大根みてぇ」

窓の外から雨音が聞こえてきた。よかった。あと少し、戻ってくるのが遅かったら、大事な「レコルト」が濡《ぬ》れるところだった。

「まだ、出始めだもん。仕方ないでしょ。やだ、結衣ちゃんったらまた立膝。足、直しなさい」

「うっせーな。さっきまで、死にかけのトドみたいだったくせに」

そう言いながら右足をソファの下に降ろした。

「外を歩いてきたら、すっかり気分よくなったわ。それからこれ、冷蔵庫に入れておくわよ」

買い物袋から、炭酸入りミネラルウォーターを出して結衣に見せると、結衣はフンと鼻を鳴らした。

「人のもの、勝手に飲むなよな」

「わかったわよ、ねぇ、それより見せたいものがあるの」

買ってきた食材を冷蔵庫に急いでしまって、結衣の傍らに行った。

「ちょっとぉ、くっつきすぎだって。デブは熱いんだって」

苑子は嫌がる結衣にますますすり寄って、トートバッグから「レコルト」を出した。

「またその雑誌かよ」

「ま、そんなこと言わず、見てよ、これ。じゃ、じゃーん」

膝の上で18ページを恭しく開いて結衣に向かって見せた。

「ほら、ここ。ママよ、準ミスフォンに輝いたときの写真。鮎川由美子の宝物だって」

結衣は苑子が指さした写真をじっと見た。

――うわ、ママ、かわいい――

それはキャラ的に無理か。

でも、この写真を見れば、どんなに毒舌の結衣でも、けっこう写りいいじゃんぐらいは言うはず。

「で？」

〝で〟って、たったそれだけ？

「結衣ちゃん、で、ってことはないでしょう」

「だから、なんだっつーの？」

結衣はもう雑誌には見向きもせず、皿に残った梨をフォークで突き刺した。

「あなた、これ見てすごいと思わないの？　あの鮎川由美子がママと久しぶりにお喋りしたいって書いてあるのよ。準ミスフォンの写真だってほら、こんなにかわいいし」

「写真ちいせぇし。顔なんて米粒ぐらいの大きさじゃん」

「米粒なんて……。ひどい、黒豆ぐらいあるわ」

「どっちにしたって大したことねぇし。ネタがなくて、無理やり、昔の写真引っ張ってきたんじゃね」

結衣は隣ページにアップで写る由美子を梨が刺さったままのフォークで指さした。

「ママの顔、この人の鼻の穴くらいしかないじゃん。てか、もうほんと昔話は勘弁して。準ミスフォンって、それ何十年前？　昭和じゃねーの」

結衣はさらに大口をあけて梨をほおばると、ソファから腰をあげた。

「なに言ってんの？　平成に決まってるじゃない。たとえ昭和だったとしてもね、ママにとっては大切な一生モノの思い出なの。いい？　ちゃんと由美子のコメント読みなさいよ。由美子だって、その思い出が宝物だって言ってんのよ」

「てか、バッグん中で携帯が鳴ってますけど」

「え？　あら、ホントだわ」

画面を見ると、真理恵からだった。

あーあ、もう。結衣なんかと喜びを分かち合おうとしたあたしがバカだった。こんな女子力のない娘に準ミスフォン時代の甘やかな思い出はわかりゃしない。やっぱり、この喜びは青春を共にした真理恵としか共有できないんだ。

着信ボタンを押した。

「苑ちゃん！」

思った通り、興奮した真理恵の声が聞こえてきた。

「あ、真理恵。雑誌見た？　もうびっくりだよねぇ、だって……」

「それどころじゃないの。大変なの。ねぇ、どうしよう」

真理恵の声が震えている。

「どうしたの？」

「シ、シンシンが……どうしよう」

電話の向こうからけたたましいサイレンの音が聞こえてきた。

なに、なんなの？

「伸治さんがどうしちゃったの？　もしもし、真理恵？　もしもし……」

電話はそこでぷつりと切れた。

13

苑子は運転手に千円札を差し出した。

「えーっと、お客さん、悪いけど、10円ありませんか」

「えっ、あ、はい」

財布を広げてのぞき込む。五円玉が二枚見つかった。

「じゃ、これで」

「あー、すんません、助かりますわ。えーっとおつりは……」

だから３００円でしょうが。急いでるんだから早くしてちょうだい！　心の中で叫んでいるのに、山羊のような顔をした白髪の運転手は小銭入れをじゃらじゃらさせて百円玉を探している。

わざわざ10円出さなくても、小銭たくさん持ってるんじゃない。

「はい、じゃあ、３００円と、それからレシートですね」

苑子はおつりとレシートをひったくるように受け取ってタクシーを降りた。

目の前のベージュ色の建物はイメージしていたよりずっと大きかった。急いで自動ドアをくぐると、強い消毒液の臭いがした。土曜の夕方のロビーは外来の受付も終わり、人もまばらだ。正面にある案内図で救急外来の位置を探す。

B治療室は？　案内図をなぞっていた指を東病棟と書かれたピンクのブロックの端で止めた。ナースステーションの前を右に曲がって、まっすぐ進んだ奥だ。

廊下を駆けぬける。太ももの付け根のあたりが重い、息が切れる。額から汗がしたたり落ちてきた。

まったくきょうはなんて日だ。二日酔いでふて寝していたら、美月から電話があって準ミスフォンテーヌ時代の写真が「レコルト」に載っていると教えられた。舞い上がって本屋まで買いに行き戻ってきたら、すぐに病院直行だなんて。

行ったり来たり喜んだり驚いたり。昼すぎまで体の中をぐるぐる巡っていたアルコールは跡形もなく蒸発してしまった。

いったい何がどうなってるんだか。

真理恵から電話がかかってきたのは、小一時間ほど前だった。

〈大変なの、ねぇ、どうしよう〉

声は震えていた。

〈どうしたの？〉

電話の向こうでけたたましいサイレンが鳴っていた。

〈シ、シンシンが……どうしよう〉

どうしようって、だから何があったのよ？　聞き返す前に電話は切れた。すぐに折り返してみたけれど、真理恵は出なかった。もう一度かけてみても結果は同じ。

あのイケすかないギョーカイ男にいったい何が起きたのか。伸治の顔が苑子の頭をよぎったところで、手にしていた携帯が震えた。画面を見ると、メールマークが表示されていた。

〈伸治さんがヤバい。帝都《てぃと》医科大学付属病院。お願い、来て〉

ヤバいって、二十代の子じゃあるまいし。何がどう「ヤバい」のか、まるでわからなかった。不吉なサイレンの音が耳に残っていた。盲腸？　交通事故？　真理恵とシンシンのことだ。もしかして腹上死の危険があったりして？　いやいくらなんでもそれは。

　とにかくただ事じゃないことだけはわかった。

〈緊急事態だから、遅くなるかも。パパが帰ってきたらピザでも取って〉

　結衣にそれだけ言ってすぐに家を出た。夕立ちの中、駅まで走り、地下鉄と山手線を乗り継いで最寄り駅まで行き、タクシーに乗ったところで二通目のメールが入った。

〈救急外来　B治療室の前〉

　たったそれだけ書かれていた。

　床に標示された矢印に従って進んでいく。ナースステーションが見えてきた。右に曲がる。すぐ先にグリーンの椅子が横一列に並んでいる。女がひとりポツンと座っていた。

「真理恵」

「苑ちゃん」

　顔をあげた真理恵は、いつもよりプラス三歳は老けて見えた。自慢の巻き髪もカールが甘く、後ろで無造作に束ねている。かろうじて眉毛は描いているものの、眼の下のシミやクマが目立つ。

この化粧の剝《は》げ具合はやっぱり？

「伸治さん、大丈夫なの？」

呼吸を整えて、真理恵の隣に腰を下ろした。

「今、ＭＲＩ撮ってるみたい。ってか、聞いてよぉ」

遅めの昼ご飯を食べているときから、伸治は様子がおかしかったのだと真理恵は話し始めた。

「お箸何度も落としたり、コップ倒したりしてね。激しくヤッちゃった後だったからさ。『やーね、シンシン、昼間から張り切りすぎるからよぉ』とか最初は笑っていたんだけど……」

笑ってすませられなくなったのは、食後のコーヒーを飲んで一服してからだ。タバコを持つ手が震えだして、ソファに横になろうとしても、伸治はうまく歩けなかった。何歩か進むと、左膝がガクンとなってその場にへたり込む。そのうち呂律《ろれつ》が怪しくなってきたので、急いで救急車を呼んだのだという。

「あの人、あたしが買った家用のスウェット着てたから、着替え手伝ったんだけど、なんか糸の切れたマリオネットっていうか。体に力が入らなくて。お母さんは友達と歌舞伎見に行ってて、清香は塾。あたしひとりだったから、もう、どうしていいかわからなくて」

真理恵の体は小刻みに震えていた。

「落ち着いて、真理恵」

苑子は真理恵の手を握った。オレンジ色のフレンチネイルを施した指先は冷たかった。

ふたりの前を看護師が医療品を載せたカートを押しながら足早に通り過ぎていく。

「とりあえず命に別状はないんだよね?」

真理恵はこくりと頷いた。

「病院に着いたときも一応、意識はあって車椅子で治療室まで行ったの。救急隊の人は軽い脳梗塞じゃないかって。で、さっき由美子が来て……」

あの由美子が。

「呼んだの?」

「シンシンが救急車の中で『ユミニレンラ……』って、レロレロになりながら言うし、なんたって妻だもん、呼ばないわけにはいかないじゃん。あの人の携帯から連絡したら、すぐつながって。編集者と打ち合わせの最中みたいだったけど、抜けてきたみたい。さっき担当の先生と一緒にあの部屋に入ってったわ」

そう言って、数メートル先にあるベージュ色の扉を恨めしそうに見た。

「由美子、なんて?」

「別に。あたしのこと、置物かなんかみたいに一瞥《いちべつ》して通り過ぎていっただけ」

真理恵は血の気のない唇をきゅっと噛んだ。

「苑ちゃん、あたし、悔しい」

「へっ?」

「だから悔しいって言ってんのよ。だってあの女と会ったの、二十数年ぶりなのよ。なのにあたしったら、このザマ。チョー部屋着でさ、すっぴんに毛が生えたみたいな顔して。もー、あり得ない。あたし、化粧ポーチすら持たずにここへ来たのよ。でも、あっちは打ち合わせの途中で、ばっちりメイクして、コツコツコツコツ、ヒールの音響かせてさ、もう、まるでドラマのワンシーンよ」

大きな瞳から、はらはら涙が流れていくのを苑子は口をあけて見ていた。

真理恵の体が小刻みに震えていたのは、伸治の体調を案じているからだと思っていたけれど……。

「ねぇ、あたしは愛人なのよ。なのに、あの女より、あたしのほうがやつれてるってどういうこと？　フツー、逆でしょ？」

元ミスフォンのプライド恐るべし。真理恵は、元準ミス、由美子に対する敗北感に打ちのめされて震えている。

「こうゆうときって、フツー駆けつけた妻のほうがやつれてるでしょ。で、待合室にいる愛人がものすごく女度高くて、それ見て二重のショック受けるもんでしょ。なのに、もうっ、イヤッ」

真理恵は大きくかぶりをふった。これはこれでドラマのワンシーンみたいだよ、喉元まで出かかって呑み込んだ。

「いや、まあ、そーかもしんないけど。落ち着いてよ、真理恵」

点滴台を運ぶ看護師がこっちを見た。お静かに！　ぴくりと上がった細い眉がそう言っている。

苑子は声を落として言った。

「伸治さん、無事でよかったじゃない。いきなりなんで、あたしものすごく心配したのよ」

「よかったわよ。そりゃよかったけどさ、安心した途端、急に自分が惨めに思えてきて。あたし、やつれた愛人の役まわりなんてイヤッ、耐えらんない……。そうだ、苑ちゃん、病院の近くにたしかコンビニあったよね」

「え？　ああ、セブンイレブンがあったような気がするけど」

真理恵は立ち上がった。

「すぐ戻ってくるから、ここで待ってて」

「なに、どうする気よ？」

「決まってんじゃん。ファンデとマスカラ、それにコンシーラ、買ってくるの」

苑子の返事を待たず、廊下を駆けていった。

なんであたしがここに残るの？

履き古した健康サンダルがパタパタ音を立てて遠ざかっていった。


苑子は携帯で時間を見た。

四時五十分だ。

どこで何してるんだろ、真理恵は。

あれから三十分近く経つというのにまだ帰ってこない。

早く戻ってきてくれないと、そろそろ由美子が姿を現すような気がするんですけど……と思ったそのときだった。視線の先でベージュの扉が静かに開いた。

やだ、どうしよう。

白衣を着たロマンスグレーの男に続いて、ゆっくりと長身の女が出てきた。殺風景な白い空間に急に光が差し込んだみたいだ。「お世話になりました」まろやかな声が静かな廊下に響く。女が一礼する。男は頷き「では、後ほど」と治療室へ戻っていった。

思わず見惚れてしまった。本当にドラマのワンシーンみたい。

男を見送った女が振り返った。

うわっ。

二十数年ぶりに見る鮎川由美子は雑誌で見るよりずっと美しかった。

かつて顔を覆っていたあの肉はどこに行ってしまったのか。見ているこっちがものすごく大顔に思えてしまうくらい小さい。「レコルト」を見ながらこれは絶対、印刷段階で修正していると思っていた肌もそのまま。憎らしいくらい艶やかだ。

黒目がちの瞳が不思議そうにこっちを見る。

えっ、まさかあたしのこと忘れたの？

ほうれい線が目立たないように口を「エ」を発音するときの形にして笑ってみた。

ほら、この笑顔、あたしよ、あたし。準ミスフォンの松岡苑子。

「苑子ちゃん？」

由美子の顔に笑みが浮かんだ。よかった。思い出してくれた。

「ええ。ご無沙汰しております」

由美子が駆け寄ってきた。その姿勢のよさに、こっちまで背筋が伸びる。昔は由美子のほうが猫背だったのに。

「本当にお久しぶり。こんなところで会うなんて。あ、わたしね、今は結婚して鮎川です」

わざわざ名乗らなくても、知ってるって。

自慢じゃないけど、こっちは創刊以来、毎号欠かさず「レコルト」を買っている。ここに来る前までは「鮎川由美子を彩るＡｔｏＺ」を諳《そら》んじるくらい読んだわけで。鮎川由美子についてはちょっとしたオーソリティなんだから。

でも、そんなことは死んでも口にしない。

「ええ、なんだかご活躍のようね。ときどき雑誌も拝見してるわ。わたしはね、山岸。山岸苑子になりました」

「そうなの。お目にかかるの、二十年ぶりぐらいかしら。懐かしいわ。でも、どうして苑ちゃんがここにいるの？」

ほんと、なんであたしここにいるんだろう。

ニット、パンツ、パンプス……。由美子の黒目がちの瞳が苑子の服装をなぞるようにさっと動いた。

やだ、見ないで。これはいつものあたしじゃない。

ああ、一生の不覚。きょうに限って1980円《イチキュッパ》のニットを着ている。しかもよれよれ。パンプスもたしか2980円《ニキュッパ》。これじゃ、一目瞭然〝トータル1万円コーデ〟じゃない。

由美子の白いリネンのプルオーバーに眼がいく。しっとり柔らかそうなこの光沢。いかにもものがよさそう。あたしのニットの二十倍……、いやもっと高そう。

苑子はさりげなく寝ぐせをなでつけた。顔だって本屋に行くときBBクリームをさっと塗っただけ。それだって汗で流れ落ちたから、きっと毛穴全開だ。おまけに昨日の深酒でむくんでいる。

もう、どうしてあたしが真理恵の身代わりになって、こんな惨めな思いしなきゃいけないんだろう。

今すぐこの場から逃げ去りたい。

「あの、わたしは真理恵の付き添いで来たの。お節介かもしれないけど、なんか、こんなことになって、すごく動揺してたから、心配で」

もしかして、息も臭うかも。思わず手で口を覆う。こんなことなら、ブレスケアを買ってきてと真理恵に頼んでおくんだった。

「でね、肝心の真理恵なんだけど、今ちょっと席を外していて……」

おっとりと二子玉マダム風に喋らなくてはと思うのに、つい早口でまくしたててしまう。

「ご主人大丈夫？　っていっても、わたしは一度しかお目にかかったことないけど」

あれ？　あたしが伸治と会っているって言ってもよかったんだっけ？　そもそも真理恵の名前も出しちゃマズくないっけ？

恐る恐る由美子を見る。さすがカリスマモデル、「レコルト」で見るのと同じ、優雅な笑みを浮かべて頷いている。

「ええ。軽い脳梗塞らしいんだけど、発見が早かったのがよかったのか。しばらく安静にしていれば大丈夫みたい」

「そう、よかった」

いや、病院に運ばれたんだから、よかったというのは変か。喋れば喋るほどドツボ。訳がわからなくなってきた。

「すみません、苑ちゃんにまで、ご心配おかけして。でも、まさかきょう、ここであなたに会えるなんて思ってなかったわ」

研修医だろうか、通りがかりの白衣の若い男が由美子をちらりと見た。なんだか鼻の下が伸びている。隣にいるこっちには眼もくれない。

〈もしよかったら、鮎川由美子、紹介してくれないかな。俺、マジで会いたいんだよね〉

昨夜の山本くんの言葉が蘇ってきた。まったくどいつもこいつも男ってヤツは……。山本くんのニヤけきった笑顔を追い払って、口角を引き上げた。

「ええ、わたしも」

会えてよかったと言おうとしたら、後ろから「苑ちゃん」と声をかけられた。

振り返ると髪をアップにまとめた真理恵が立っていた。

さっきとはうって変わって肌つやがよくなっている。

完璧に化粧直しをした真理恵は由美子を見据えた。戦闘開始。いつもの目力が復活している。

なによ、自分だけ。こっちは家を出てからロクに鏡も見ていないっていうのに。

「お久しぶり」

苑子を間にして長身のふたりが向き合った。

いったいどこから調達してきたのか、履き古した健康サンダルも黒いフラットシューズに履き替えられている。

元ミスフォンvs元準ミスフォン。ヒールの分だけ、真理恵が由美子を見上げている。

なんだか、レフェリーになった気分だ。

「真理恵ちゃん？」

今、初めて真理恵を見たかのように由美子は微笑んだ。

〈あたしのこと、置物かなんかみたいに一瞥して通り過ぎていっただけ〉

真理恵はああ言っていたけれど、この感じだと、無視したんじゃなくて、真理恵があまりにやつれていたから気づかなかっただけなのかもしれない。

「この度は、主人がお世話になりました。苑ちゃんに話してたところだけど、おかげさまで発見が早かったから軽くすんだみたい。今、集中治療室へ移って点滴打っているの。あと二、三十分もすれば、面会できるみたいよ。せっかくだから会っていってあげて」

「別に会わなくていいわ」

撥ねつけるように真理恵は言った。

「あら、そうなの」

由美子は小首を傾げる。

「ってか、なんなの。なんで、あなた、そんなに落ち着いてられるの？」

甲高い声が廊下に響き渡る。

由美子の形のいい眉がほんの少しだけ動いた。

「ここは病院よ、声を荒らげないで」

「あたしに命令しないで。どんな声出そうがあたしの勝手でしょ。だいたい、あたし、愛人なんですけど。ご存じよね、この二ヶ月、シンシンはあたしに夢中なの」

「そうみたいね」

それがなにか？とでも言いたげに由美子は真理恵の顔をのぞき込み、サイドの髪を耳にかけた。大きな真珠のピアスが光っている。

「あなたの亭主はね、うちで倒れたの。わかってる？　あなたには、仕事とかなんとか言ってごまかしてるかもしんないけど、昨日の夜からずっとお泊まりしてんのよ」

由美子に襲いかからんばかりの勢いで真理恵はまくしたてる。

「てか、このところ、週末はずっとうちで過ごしてんの。あなた、あの人の妻なんでしょ。なんでそんなしっとり笑ってられんの？　わかってんだから。ホントは悔しくてしょうがないんでしょ。ったく、この泥棒猫くらい言ったら、どうよ」

「この、泥棒猫」

言葉とは裏腹に涼やかな声が響いた。

えっ？

ひと呼吸おいて由美子はいたずらっぽく笑った。

「冗談よ。『言え』って言ったから言ってみただけ。とっくにご存じだと思うけど、わたしたち夫婦って形だけなの。彼はあくまでも仕事のパートナー。いろいろしがらみがあるから、籍を抜いてないだけ。だから真理恵ちゃん、あの人でよかったら、いつでもどうぞ。差し上げるわ」

詰まらないものですけれど……粗品でも渡すかのように軽やかに言う。

真理恵の眉間に深いシワが寄った。

「いらないわよ」

えっ、いらないの？

苑子は真理恵の横顔を見た。

「全然欲しくないわ、あんなの」

哀れ、シンシン。「あんなの」呼ばわり。集中治療室で点滴を受けている伸治に少しだけ同情した。

「そう？　それは残念」

由美子は細い手首に視線を落とした。「レコルト」の広告ページでよく見る高級時計を嵌《は》めている。たしか値段は……。苑子の頭の中で七桁の数字が舞う。

「このあと大事な打ち合わせがあるの。わたし、そろそろ行かなくちゃ」

土曜日のこの時間から打ち合わせ？　さすがカリスマモデル……。

〝レコルトスマイル〟を浮かべた由美子は軽く頭を下げた。

「久しぶりにおふたりに会えて本当に嬉しかったわ。じゃあ、いずれまた」

コツコツコツと小気味よいヒールの音が遠ざかっていく。膝丈のグレーのペンシルスカートとちらちら見えるヒールの赤い靴底《レッドソール》の対比。すごい。どこまでも絵になる。

元準ミスの変貌、恐るべし。苑子は遠ざかっていく完璧な後ろ姿を見つめた。

本当にあれが準ミスフォンテーヌの神林由美子？

二十四年前の由美子は猫背で伏し目がちで言葉少ないアンパンマンのような女だった。でも、歳月は女を変える。今の由美子は、カラッとしてサバけていて、自信に充ち満ちた大人の女。

それに比べて……。

「なんなの、あの女、あり得ない。あたしのことなんだと思ってんのよ」

傍らの真理恵は蹲《うずくま》って頭をかきむしっている。

あーあ、せっかくアップにまとめた髪がまたぐしゃぐしゃだ。

勝負あったという感じ。

でも、一番哀しいのはあたしだ。もうひとりの元準ミスフォンなのに、ハナっから圏外。参戦すらできなかった。

苑子はイヤイヤをする真理恵に手を差し出した。

「ほら、真理恵、みっともないよ。ちゃんと立って」

14

ランチタイムを過ぎたばかりのカフェは客もまばらだった。

ガラス屋根からは白い光が差し込んでくる。

真理恵はパスタをフォークでくるくる巻くと、大口を開けて食べた。トマトソースがはみ出た口紅のように唇の端についても気にしない。注文したパスタが運ばれてきてからまだ五分と経たないのに、半分以上平らげている。

パスタをもうひと巻きして口に入れるとふぅーと息をついた。

「これで、だいぶ落ち着いたわ。なんかきょうは朝からドタバタしちゃって、なーんにも食べてなかったのよ」

真理恵は念入りに巻かれた髪をかきあげた。先週の土曜日は明るい茶色だったのが黒髪に変わっている。バニラと花を煮詰めたような香りが漂ってきた。香水変えた？　エクステいらずの長い睫毛にはきれいにマスカラが塗り重ねられている。オレンジ色だったフレンチネイルもコーラルピンクに塗り替えられ、ホログラムが光っている。

〈ドタバタしちゃった〉わりには、フル装備。由美子との屈辱的な再会が尾を引いているのか、きょうはいつにも増して気合いが入っている。

「そうだったの。忙しいんだったら、なにもきょうじゃなくてよかったのに」

カップに二杯目のアッサムティーを注ぎながら苑子が言うと、真理恵は首を振った。

「でもさ、苑ちゃんには、なんかすっごく迷惑かけちゃったから、早めに会ってお詫びしときたかったんだ。この前は急に呼び出してほんとごめんね」

拝むように手を合わせ、ぺこりと頭を下げた。

「別にいいわよ。でも、まさか、あそこで由美子に会うとはねぇ」

よりによって十年に一度なるかならないかの二日酔いの日に再会なんて。苑子はガラス屋根を見上げた。天はあたしを見放した。

カップの持ち手を弄びながら苑子は続けた。

「まあ、冷静に考えてみたら、由美子は伸治さんの奥さんなわけで。来て当然といえば当然なんだけど」

ふたりとも完全に差をつけられちゃったよね、という言葉は言わないでおいた。

「ほんとよねぇ、どうせ会うなら〝ここで会ったが百年目〟って感じで、会いたかったのに」

レコルトスマイルを絶やさない由美子に真理恵はキャンキャン吠えかかっていた。吠えすぎて勝つケンカはない。あれじゃ、負け犬そのもの。

本妻に終始あんな余裕の態度でいられたら、愛人の立ち場も何もあったもんじゃない。

愛人の友達のこっちまで気後れしてしまった。

「あの人って真理恵と違って、昔から何考えてるかわかんないとこあったけど、ますますナゾ」

「てか、昔はあたしたちのほうが堂々としてなかった？　ミスフォンのときもすっごいオドオドして、苑ちゃんの後ろに隠れるみたいにしてたじゃん」

「そうだよね、今とは全然違ってた」

――一九八九年十一月二十八日。忘れもしない聖泉大学フォンテーヌ祭の最終日。

〈お待たせしました。栄えある準ミスフォンテーヌに選ばれましたもうひとりは――、文学部国文科一年の神林由美子さんでーす〉

苑子についで名前が呼ばれた由美子は、その場で棒アイスのように固まってしまった。

〈え？　なんでこんな地味で垢抜けない子が、あたしと同じ準ミスフォンなの？〉

苑子の頭の中で「？」マークが飛び交ったけれど、自分に向けられているカメラに気づき、口角を引き上げ大きな拍手を送った。

それでもなお準ミスフォンテーヌの栄誉を前に由美子はしゃちほこばっていた。

〈まったく世話が焼けるんだから〉

手を差し伸べ、舞台中央までエスコートした。間近に見る由美子はマスカラがダマになっていた。小さな唇の端からは野暮ったいピンクの口紅がはみ出していた。

〈これで準ミスなんて、やっぱりコネがあるんだわ。ま、いっか。準ミスはあたし、この子は準々ミスってことで〉

勝手に「準々ミス」枠を作って納得した。それくらい格下だったのに。

今になって、まさかの番狂わせ。

You're beautiful.

You're beautiful,

it's true.

ジェームス・ブラントの切なげな声が店内に響いている。

「こんなこと言うのシャクだけど、あの人、キレイになったよね。雑誌で見るよりずっと。肌もキレイだったしさ、顔だって、すっごくちっちゃくなっちゃって」

「そう？　あたし、別にキレイだとは思わなかったけど。苑ちゃん、老眼なんじゃない？」

真理恵はフンと鼻を鳴らして、フォークにパスタを巻きつけた。こうして見ると、真理恵の顔はけっこう大きい。

「失礼ね、いくらなんでも早すぎるでしょ」

「だって、ほんとにたいしたことなかったじゃない。年取ったから顔の肉が落ちたか、顎の骨削ったか。肌だってほら、『レコルト』でよく特集やってるじゃない。〝毛穴レスメイク〟。あれよあれ。眼だってよーく見るとすごいアイライン入れてたわよ。それに見た？　あのプルオーバーとネックレス、先月号にまんま同じものが載ってたわ。値段知ってる？　しめて7万8000円！　靴だってルブタン履いてたじゃない。あれってスタイリストかなんかに頼んで、タダでサンプル品貰ったか、八掛けくらいで買ったかだわ。じゃなきゃ、あのシブチン女があんないいもの、身に着けるわけないいし」

じゅうぶんにパスタが巻きついているのに、フォークは皿の中でクルクルまわっている。

「由美子って、そんなにケチなの？」

「そうよ。シンシンが言ってた。ギャラはまったく手をつけずに全部貯金して、シンシンのお給料だけでやりくりしてるんだって。ちゃっかりしてるわよねぇ。ってかさ、あの女が何を身に着けてようと、どーでもいいんだけど」

どーでもいいわりには、プルオーバーの値段まで調べあげている。ま、こっちもあの日は家に帰って「レコルト」のバックナンバーをめくるだけめくり、チェック済みなのだけれど。

苑子は黙って紅茶を飲んだ。

「なにが悔しいって、この前、救急車の中で気がついちゃったのよ。あたし、シンシンが好きだったんじゃなくてシンシンが由美子のダンナだから好きだったんだって。あの人、ダサダサの準ミスだったくせに、〝あたしは生まれついてのカリスマモデルです〟みたいな顔して調子乗ってるからさ、ここらで元ミスフォンの実力っていうの？　女の格の違いを見せつけたかっただけなのかも」

真理恵の声が一段高くなった。

三つ隣の席でスマホをいじりながら、サラダを食べていた二十代半ばの女が横目でこっちを見た。——このオバさん、何熱くなってんの？　無慈悲な視線に気づかずに真理恵は話し続ける。

「シンシンの勢いに負けて、あたしも恋してるかも～って思い込もうとしてたけど、結局のところ、由美子をぎゃふん！　と言わせたかっただけ。なのに、『差し上げるわ』なんて。人、バカにするにも程があるわ。あんな性格悪いくせに、何がカリスマモデルよ」

「違うわよ、真理恵。性格悪いからこそこの年でカリスマモデルを続けられてるのよ。由美子って『レコルト』じゃ、やたらと〝フツー〟とか〝平凡〟とか強調するけど、フツー以上に性格キツくないと、あんな仕事やっていけないって」

　悪口は言われるほうが主役、言ってるこっちは準主役にもなれない。わかっているけれど、やっぱりやめられない。

　真理恵は人差し指の爪を親指の腹に押しつけながら頷いた。

「一番でいるのってハンパなく大変だものね。腹黒じゃないと務まらないわ。やっぱりあたしって性格よすぎるのかな。ナンバー1をずっと張ってらんないのよね」

「ナンバー1って、真理恵、お店、なんかあったの？」

　池袋の微熟女バーＮｏｂｌｅで瞬く間にナンバー1になったと、ついこの間、自慢していたのに、もう転落？

「そうなの。もう、やんなっちゃう。七月に美雪《みゆき》っていう、童顔《ロリがお》巨乳の女が入ってきてさ。ズルいのよ、その女がまた。三十五歳なのに逆サバ読んで、お店じゃ三十八で通してるの。ついこの前までナンバー2だったのに、あたしがシンシンとイチャついてる間にあたしのお客さんまで奪い取っちゃうし」

「そんな女に負けて平気なの？」

微熟女バーでの真理恵の指名数なんて正直どうでもよかった。でも、由美子に会って打ちのめされた後遺症のせいか、きょうは違った。真理恵に元ミスフォンの意地ってもんを見せてほしかった。

「そんなこと言われなくてもわかってるわよ。大丈夫。あたしがやる気になれば、すごいんだから。すぐに返り咲けるわ。ただ、今はその気にならないだけ。どんよりしていたいのよ。てか、苑ちゃんはどうなのよ」

「どうって、なにが？」

「やーね、トボけちゃって。山本センセのことに決まっててんじゃゃん。この前、デートしたんでしょ」

「ああ、山本くんのこと？」

山本くん……、もうその名前は聞きたくなかった。

「うーん、一応会ってはみたけど、イマイチって感じ、かな」

はんなり家の屈辱は一生忘れない。あの男、さんざんこっちに気をもたすこと言っておいて、本命は由美子だったなんて。昨夜も寝しなに思い出して、ベッドの上でのたうちまわった。

あんな男に未練はないけれど、一度傷ついたプライドはそう簡単には戻らない。

結局、真理恵もあたしも由美子には敵《かな》わないってこと？

でも、ここで「負け犬同盟」は結びたくなかった。

あたしにだって準ミスフォンの意地がある。

「ほら、クローゼットの整理とかしてたら昔の服見つけて、懐かしい、これ、まだイケるかもとか思うことあるじゃない。でも、引っ張り出して着てみたら、なーんか違うんだよね。それと同じ。いざ会ってみたら、古いし、ダサいし、チグハグな感じだし。若気の至り？ってとこかな。長い間忘れてたってことは、それだけの存在だったってこと」

話しているうちに、だんだんやさぐれモードになってきた。これじゃ真理恵と変わらない。

「ふーん、なんか大人じゃん」

紙ナプキンで口もとを拭き終わった真理恵は、アイスカフェオレにストローを突き挿した。なーんか隠してるんじゃない？　大きな切れ長の眼が探るようにこっちをのぞき込む。

「ほんとにほんと？　なんにも発展しなかったの？　やーね、つまんないの。せっかくシンシンに教えてあげようと思ってたのに」

「シンシンって。真理恵、お見舞いに行ってるの？」

「行ってるわよ、行っちゃダメ？」

「だって、たいして好きじゃないみたいなこと言ってたじゃない」

「まぁ、そーだけど」

真理恵はクルンとカールした毛先を人差し指に巻き付けながら言った。

「だからぁ、あのときはあのとき。『いらない』って言われたものを『そうですか、じゃあ謹んでいただきます』ってわけにはいかないでしょ。売り言葉に買い言葉的に、ああは言ってみたけどさ、次の日にはシンシンから〈会いたい、会いたい、会いたい〉とか〈今、そばにいてほしいのはマリリンだ〉とかラブメールの嵐だしぃ。やっぱシンシンにはあたししかいないんだなぁって思うとね、情が湧いてきちゃって。ときめきは消えたけど、次のステージに進んだっていうか、そう簡単には別れられないのが男と女」

巻き髪から手を離して、真理恵は自分の掌をじっと見た。

「わかってるわよ。あたしってさ、情に流されて自分の運命閉ざしちゃうタイプなのよね。この前、新宿の占い師にも言われた」

真理恵は左手を差し出した。コーラルピンクの爪が掌の中央に伸びる縦の線をなぞっていく。

「ほら、ここ、運命線が感情線のところでとまっているでしょ。あたし、本当ならもっと羽ばたけるはずなんだけど、いつも男絡みでイマイチっていうか……」

わざわざ手相を見なくても、真理恵に五分、男の話をさせれば、情に流されやすいことぐらい誰だってわかる。

「でも、あたし的にはね、嫌いじゃないの、こういうのも。たとえ羽ばたけなくてもね、毛づくろいするくらいのお金はちゃんとあるし、何より恋してると〝生きてる〟って感じするし。どこぞのカリスマモデルみたいにダンナとはとっくに終わってるのに、仕事のしがらみで籍抜けませんなんて、まるで男のセリフ。あたし信じられない。それよりさ、損得抜きで突き進むあたしのほうが〝ザ・女〟って感じがしない？　あたしは骨の髄まで女でいたいの」

「そりゃ、女道を突き進むのは自由だけどさ、だからってそんな気安くお見舞い行って大丈夫なの？　由美子と鉢合わせしたらどうするのよ？」

仮にも、伸治は由美子のダンナさまなんだから。その病室を見舞うなんてトラブルの種を自分で蒔《ま》いているようなものだ。

「それはないって。シンシンが言ってた。あの冷酷女は二日に一度、判で押したみたいに午前十時にやってきて十分くらいで帰っていくんだって。あたしは昼に行くから絶対にかぶらないの。もう、まめまめしく世話するから看護師さんにも『奥さん』とか言われちゃったわよ。なわけでちょっとごめん」

真理恵はバッグからリップパレットを取り出した。

ぽてっとした唇が爪と同じコーラルピンクに塗り重ねられていく。体にぴったりまとわりつくラベンダー色のワンピース。大きく開いた胸元で大振りのゴールドのネックレスが揺れている。

誰がどう見ても夜の出勤スタイルだ。

絶対に「奥さん」には見えない。

緑道の銀杏の葉が揺れている。

傍らの児童公園から子供たちのはしゃぎ声が聞こえてくる。うしろから小さな足音が聞こえてきた。真っ黒に日焼けした小学生の男の子が苑子を追い越して、仲間のもとへと駆けていった。

暑い。背中を汗がつたっていく。

ここ三日ばかり、猛暑日が続いている。降るような日差しが肌をじりじり刺激する。これじゃSPF50の日焼け止めも流れ落ちちゃう。苑子はバッグからハンドタオルを出して額の汗を押さえた。去年の今頃もこんなに暑かったっけ？

記憶を呼び起こそうとしたけれど、一年前のこの時期、何をしていたのか、はっきりと思い出せない。

足元に転がる小石をつま先で蹴った。

そりゃ、思い出せないわよね。毎日、洗濯して掃除して買い物行ってご飯作って……ずーっとその繰り返しだもんなぁ。

さっき渋谷のカフェで真理恵が言っていた。

〈何より恋していると〝生きてる〟って感じするし〉

言われてみれば、山本くんと再会してから、ちょっとしたことで心が揺れ動いたり、ときめいたり。真理恵みたいにドラマチックなライブ感があったわけじゃないけれど、いつになくあたし、生き生きしていたような気がする。

でも、その恋も予感どまり。はんなり家であっという間に玉砕して、また退屈な日常に逆戻りしてしまった。

苑子は歩きながら、真っ青《まさお》な空を見上げた。

こうして、何にも刺激がないまま、夏が過ぎていく。やがて秋風が吹き、冬になって、春が来て……、瞬く間に一年経ってしまうのかしら。

時間だけが流れていく。年ばっかり無駄に重ねて、あたしは何も変わらない。仕事で輝いている由美子に、恋に生きる真理恵。なんだか自分だけがミスフォンの仲間から取り残されているような気がする。
四、五メートル先にくすんだ築十六年のマンションが見えてきた。
この暑いのに、エントランス前の花壇の脇で、オレンジ色のショートパンツを穿いた女が身振り手振りで話している。

美月だ。

ああ、また。嫌というほど繰り返される日常にため息が出そうになる。

こっちに背を向けている聞き役は青いTシャツにレギンス姿。一度見たら忘れられない、競輪選手を思わせる逞しい太もも。十階に住む遠藤武子だ。あそこで引っかかったら、あと三十分は家に戻れない。

きょうは真理恵とのお喋りで、おなかいっぱい。噂話なんかにつきあう気分にはなれない。喉もカラカラだし、早く家に帰って、冷えた麦茶を飲みたい。呼び止められても、軽く会釈だけして通り抜けよう。

苑子は、ふたりに気づかれないようにエントランスから死角になる道の端を歩いた。

「苑子さーん」

やだ、もう見つかった。美月が手を振っている。

「どうも」

条件反射でつい顔が笑ってしまう。

「あらまあ、山岸さん」

遠藤武子も振り向いて、おいでおいでをしている。

「ご無沙汰しております」

仕方なく、笑顔を貼り付けたまま足早に駆け寄っていく。

「まぁ、あなたたち、こうしてると、ほんと美人姉妹って感じ」

出た、武子の「美人姉妹」攻撃。

「じゃ、あたしはこのへんで。若いおふたりで、ごゆっくり」

はい、あとはあんたに任せたわよ。バトンでも渡すかのように脂肪に覆われた眼が微笑んだ。

「じゃあ、また」

武子に笑顔で頭を下げた美月は早速こっちにすり寄ってくる。

「苑子さん、またまた偶然ですね」

偶然？　ここで待ち伏せていれば、当然会うだろうに。

「ほんと、よくお目にかかるわねぇ」

「そういえば、あたし、さっきも『レコルト』読んでて、苑子さんとお話ししたいなぁと思っていたところなんです。あのミスフォンのときの写真、苑子さん、大学の頃、ほんとかわいかったんですねぇ」

かわいかった。過去形なのが気にならなくもないが、面と向かって褒められると悪い気はしない。

今月の「レコルト」の巻頭特集〈もっと教えて　笑顔の秘密！　鮎川由美子を彩るＡｔｏＺ〉に由美子と写った準ミスフォン時代の写真が載ったというのに、発売から一週間経っても悲しいほど反響はなかった。せめて、ひとりぐらい大学の友達が連絡してきてもいいのに……。

〈写真ちいせぇし。顔なんて米粒ぐらいの大きさじゃん〉結衣は鼻で笑ったし、夫の浩介に至っては唯一の感想が〈やっぱ、真理恵ちゃんってこの頃からいい女だよなぁ〉。あたしについてはコメントすらなし。

「ほら、由美子さんもコメントしてたじゃないですか。『砂糖菓子みたいにキュートな』って。ほんとそんな感じ」

お世辞でもいい。擦り切れた自尊心に美月の言葉が沁みていく。ちょっとだけなら お喋りにつきあってもいいかも。

「やだわ、もうずいぶん昔の写真よ」

謙遜しようとしても、筋肉が言うことをきかない。頬がだらしなく緩んでしまう。

「でも、昔って感じ、全然しませんよね。あのもうひとりのお友達、真理恵さんでしたっけ？　あのミスフォンの人もすっごいキレイで。なんか女子大生の黄金時代って感じ。あのとき、ユニット組んでたら、苑子さん、絶対センターですよ。あの由美子さんに『久しぶりにお喋りしたい』って書かれるのもわかります」

苑子はさりげなくサイドの髪を耳にかけた。大きめのパールのピアスが透明な光を受けてきらめいている、はずだ。

こっちは由美子がしていたのとは違って、淡水パールだけど。

「そういえば、『レコルト』って休刊の噂があるって知ってますか」

窺《うかが》うような眼で美月がこっちを見た。

「なにそれ？」

「黒女ニュースで見たんですよ。ほら、あの雑誌を出してる花房新社。あそこ、この三月に社長が辞めてジュニアが引き継いだじゃないですかぁ。で、そのジュニアっていうのが、すっごいワンマンで社内の雑誌を一新するんですって」

「でも、だからって」

「なんでも、そのジュニアって『レコルト』の編集長に昔イジメられたらしくって。それをすっごく根に持ってるから、まず、あの雑誌から潰《つぶ》すんじゃないかって」

見てきたように美月は話す。

まったくシロウトは。ネットに書いてあることをすぐ鵜呑《うの》みにするんだから。

「黒女ニュース」はタレントやスポーツ選手、業界人のゴシップネタが多く書かれたネット掲示板だ。主婦のヒマつぶしにはもってこいだけど、その大半が根も葉もない噂だ。

三十万部の部数を誇る「レコルト」が昨日きょう社長になったばかりのひよっ子の一存で休刊になるはずがない。

「そうなの？　花房新社にいる知り合いは、なんにも言ってなかったけど」

さりげなく言ってみた。

「うわっ、苑子さん、出版社に知り合いがいるんですか」

美月がさらにすり寄ってきた。

「ええ」

知り合いといっても真理恵の不倫相手だけど。

「それに、この前、由美子に会ったときも、相変わらず忙しそうだったわ」

「えー、苑子さん、会ったんですか」

「ええ、まあ」

偶然だけどね。

「すごーい。羨《うらや》ましすぎるぅ。由美子さんとほんとに仲良しなんですね。今度会ったら、サイン貰っといてください。あたし、ほんと由美子さんが理想っていうかぁ。ああいうシックな大人の女になるのが夢なんです」

どこからか生ぬるい風が吹いてきた。

髪の毛をなでつける美月の爪でラメがきらめいている。お盆休みに年下の夫と行くタイ旅行に備えてネイルサロンに行ってきたのだろうか。よく見ると、この前より睫毛の量が増えたみたい。この人、由美子というより、真理恵のクロウト路線を目指したほうがいいような気がするけど。

うん？　バッグの中から振動が伝わってきた。携帯を取り出して画面を見た。

なんで今頃？

見舞いに行っているはずの真理恵の名前が表示されている。

「あ、ちょっとごめんなさいね」

着信ボタンを押すと真理恵の甲高い声が飛び込んできた。

「苑ちゃん！」

「どうしたのよ？」

「どーしたもこーしたも。ひどいのっ。もー、あたし信じらんない」

携帯から漏れる声に美月が耳を傾けている。苑子は三十度ばかり腰をひねって言った。

「ごめん、今まだ外なの。ちょっと待ってて。折り返しかけるから」

電話を切ると、美月が顔をのぞき込んできた。

「なんかあったんですか」

ウワサ製造機の黒目がちの目が輝いている。

「ええ、ちょっと。ごめんなさい。お話の途中なのに、お先に失礼するわ。バカンス楽しんできて！」

苑子は小さなソファセットが並ぶエントランスホールを駆け抜けエレベータに乗り込んだ。

なんだか最近、真理恵のために走ってばかりいる。

〈もー、あたし信じらんない〉

あの金切り声はただ事じゃない。きっとシンシンの病室で由美子と鉢合わせして、ひと悶着あったんだ。

だから言わんこっちゃない。

家に戻ってすぐ電話をした。一回目のコールが鳴り終わる前に真理恵は出た。

「苑ちゃん、もーひどいのよ、あの女」

「由美子がどうしたの？」

「だからぁ……ね、今からそっち行っていいでしょ」

「今から？」

「あ、電車来た。もーこのままホームに飛び込みたいとこだけど、とにかくそっち行く。駅着いたら電話するから」

行くって言ったって、さっき会ったばかりじゃない……。

口にする前に電話は切れた。


肩をいからせて、リビングに入ってくるなり、真理恵はソファに倒れ込んだ。

とりあえず冷たいお茶でも……と言いかけたら、腕を引っ張られ隣に座らされた。

〈お茶なんていいから、聞いてよ、苑ちゃん〉といきなり話し始めた。

「信じられる？　シンシンの病室に行ったら、女がいたの、女が。あの人の枕元に座ってたのよ。それも椅子じゃないの。ベッドに、ぴとっと体すりつけるみたいにして」

「誰なの、それ？」

まさかの新キャラ。てっきり由美子だと思っていたのに。

「それが、ひどいの。シンシンってば悪びれもせず『あ、彼女、ひまりちゃん』だって。言い訳ぐらいしなって」
「いくつ、その女？」
ひまりという名前からしていかにも若そうだ。
「二十《はたち》？　いや十九？　うちの清香とたいして変わらないの。でも、清香と違って
すっごく下品。渋谷あたりに行けば、うようよしてるようなギャル上がりの女。キ
ャミにショーパン、半裸みたいな格好してさぁ、つけ睫毛とアイラインとカラコン
取ったら、ただのブス！　あー、もう耐えられない」
真理恵は大きくかぶりを振った。
なんだろう、このデジャヴ。
そうだ。病院で由美子に会ったときもたしか同じポーズをしていた。
「ねぇ、どういうこと？　あたしたち、一週間に十日来いってくらい、ラブラブだ
ったのに。いつの間にあんな小娘と」
ほんといつの間に。あれだけ真理恵の家に入り浸って、まだ浮気する気力が残っ
ているのか。ニヤけた伸治の顔が浮かんできた。
真理恵は傍らにあったクッションをギュッと抱きしめた。
大きな切れ長の眼に涙が溢《あふ》れていく。

「悔しいー」

肩を震わせて真理恵は泣きだした。

「このあたしが、あんな小娘に負けるなんて」

涙はとめどなく流れる。目尻にアイラインとマスカラが滲《にじ》んでいく。

相手が由美子でも小娘でも、とにかく真理恵は同性に負けるのが死ぬほど嫌なのだ。

苑子はコーヒーテーブルの上にあったティッシュケースを差し出した。

「ありがと」

真理恵が洟《はな》をかんでいる隙に抱きしめているクッションをさりげなく取り戻した。

新調したばかりのリバティプリントのカバーに、黒いシミがついたらたまらない。

「でも、まだ、新しい彼女と決まったわけじゃや。ただの知り合いかも……」

そんなはずないけれど、とりあえず他に言葉が思いつかなかった。

「バカ言わないで。ただの知り合いが〝シンたん〟とか言う？　シンシンに腕絡めながら〝だぁれ？　このケバオバ？〟とか言う？」

「なに、ケバオバって？　ケータイゲームかなんか」

真理恵がパンダ目でぎろりとこっちを睨んだ。すごい迫力。

「あたしに言わせる気？　ケバいオバサンのことでしょうが。ってか、シンシンったら、ひまりに、あたしのことなんて言ったと思う？　『ちょっとした知り合い』だって。なんであたしが知り合い呼ばわり？　よくもまぁ『マリリンなしの人生なんて考えられない』とか『ワインと女は古いほうがいい』とか言えたわね？　あのロリコン親父！」

ロリコンというより雑食。

微熟女の次は二十になるかならないかの小娘。あの手の、遅れてきた遊び人は来る者拒まずっていうか、そこそこ派手な女なら出会う者選り好みせず。デビューが遅くてまだまだ遊び足りないのか。何より自分が冴えないから、アクセサリーになる相手なら誰でもいいのかも。

鮎川伸治。とにかくロクなもんじゃない。

「そのひまりって小娘が本当に伸治さんとつきあってんのなら、早くわかってよかったじゃない。ずっと二股かけられるより」

いや、この場合、由美子もいるから、三股になるのか。

「真理恵だって、あの人は別に本気じゃなかったんでしょ。だったら、いいじゃない」

真理恵は唇を噛みながら、頷いた。

「そうよね。どっちにしろ、潮時だったとは思う。でも、引き際って大切じゃない。あそこで喚くと女がすたるっていうか。だから、シンシンにもひまりにも、言いたいことたくさんあったけど、あたしグッと我慢したの。それで、シンシンのこと一発殴って」

「脳梗塞の人を？」

「軽くよ、軽く。なんかあっても、病院なんだから、ナースコール押せば、すぐに飛んできてくれるって。とにかく、殴るだけ殴って、コツコツヒール響かせて帰ってきたわ。あたし、自分でも褒めてあげたいくらい凛《りん》としてたんだから」

ヒールをコツコツ響かせるのもデジャヴ。というか、由美子の真似。

だけど、余計なことは言わず、神妙に頷いてみせた。

「うん、それが正解だったと思うよ」

「だけどねぇ、病院出た途端、なんかカッカしてきちゃってさぁ、でも、泣いてすっきりした。持つべきものは……」

真理恵の視線がコーヒーテーブルの傍らのマガジンラックのあたりで止まった。しまった。散らかっていたリビングを片付けるのに追われ、出しっぱなしにしていた「レコルト」を隠すの、すっかり忘れてた。

切れ長のパンダ目がすーっと細くなった。

「あー、何度見ても、ムカつく顔」

真理恵は表紙で微笑む由美子をしばらく睨みつけると、すべてを振り切るように巻き髪をかきあげた。

「でも、いいわ。シンシンとは本当に終わったから。あの女との腐れ縁もすっきり切れたわ」

……なこと言ってるけれど、立ち直りが早いようで意外と根に持つタイプだし。本当に吹っ切れたんだかどうか。

真理恵はもう一度、ティッシュを抜き取り、チーンと洟をかんだ。

15

窓の外の光は、爽やかに透き通っている。

そろそろかしら。

苑子は正面の壁にかかる大きな柱時計を見た。あと五分もすれば待ち合わせの時間になる。

細長いグラスに入った水をひと口飲み、木目のテーブルの上に置いてあるバッグからコンパクトミラーを取り出した。

鏡に向かって、上目づかいをしたり、小首を傾げたり、顎をあげてみたり、ちょっと横を向いたりしてみる。

よしっ。

昨夜は、生え際の白髪をカラーリングした後、ヒアルロン酸とセラミドがたっぷり配合された1500円のシートパックをして十時に就寝。今朝は今朝で、顔筋マッサージをして「レコルト」を見ながら、三十分かけて毛穴レスメイクに励んだ。その甲斐《かい》あって、見た目年齢マイナス五歳！　色白の肌が失いかけていた弾力を取り戻している。

これなら自然光が入るこの部屋でも大丈夫だ。コンパクトミラーを閉じて、大きく息を吐いた。

それにしても……。由美子ったら、どういう風の吹き回し？　なんで自分がここに呼ばれたのかいまだに意味がわからない。

由美子からまさかの連絡が入ったのは一週間前だった。

携帯に見知らぬ番号が通知されていたので、誰だろ？　と思って出たら、聞き覚えのあるまろやかな声がした。

〈苑ちゃん？　突然ごめんなさい。鮎川由美子です。連絡先、主人から聞いたんだけど〉

主人……。そうだった。真理恵に伸治を紹介されたとき、帰り際に赤外線で連絡先を交換していたのを思い出した。社交辞令のつもりだったのに、まさか由美子がそれを聞き出すなんて。

〈実は苑ちゃんに一度ご相談したいことがあって。電話じゃなんだから、もし、よければ、一度お目にかかれないかしら〉

〈え？　ええ、もちろん会うのは構わないけど〉

病院で由美子と再会してから、一ヶ月以上過ぎている。このタイミングでいきなり「ご相談」ってなに？

〈よかった。じゃ――〉

聞き返す間も与えず由美子は候補日を三つあげてきた。

どの日も空いていたけれど、暇な主婦と思われるのもシャクだから、ちょっと考えるふりをして答えたら、待ち合わせの場所に、表参道の老舗ベーカリーを指定してきた。

〈鮎川で予約しておくから〉

〈ありがとう〉

〈じゃ、あとは会ったときにゆっくり〉

電話はそこで切れた。画面に表示された通話時間は二分二十四秒。すごい早わざ。爽やかな強引さであっという間に、カリスマモデルとお茶することになってしまった。

由美子とお茶するなんて言ったら「この裏切り者！」とキレられそうで、真理恵にも話せずにここにやって来た。

よそ行き顔の最終チェックが終わった苑子は十畳はあるかと思われる部屋の中をぐるりと見回した。

お茶というから、てっきりホテルのラウンジかなんかで会うのだとばかり思っていた。意外とカジュアルな場所を指定してくるんだと思っていたけれど、そこはやはりカリスマモデル。螺旋《らせん》階段をあがって二階にあるカフェの入口で、予約している鮎川の連れだと言うと、三階のこの個室まで案内された。

表参道に来たときはいつも——といっても年に一度くらい——香ばしい匂いが漂う一階のベーカリーで焼きたてのパンを買っていたけれど、同じ店にこんな広い個室があるなんて知らなかった。苑子は木目のテーブルを指の関節で叩いた。うちのダイニングに置いてあるのより大きい。

この個室、予約するのっていくらくらいかかるのかしら？　一時間2500円？いや、表参道のど真ん中だもの、5000円はするかも。

恐る恐る革表紙のメニューを手にとった。本革？　二階のカフェのとは重さが違う。

うわっ、高っ！　紅茶が1800円もする。ケーキセットにいたっては2500円！

あたしは「ご相談」を受ける立場だもの。割り勘じゃなくてもいいのよね？　今さらのように不安になってきた。

コンコンとオーク材のドアを叩く音がした。

「は、はい」

ドアが開いた。

「お連れ様がいらっしゃいました」

白シャツに黒いパンツ姿の女の店員が顔を出して、すぐに引っ込んだ。やや間があって、由美子が登場した。

窓から入る日差しがスポットライトのようにカリスマモデルを照らし出す。濃紺のニットにグレーの細身のパンツ。装飾品はシンプルなゴールドのネックレスだけ。無駄のないラインがスタイルのよさを際立たせている。それに比べてあたしは……。

思わず唇を嚙みそうになる。由美子って本当に人を落ち込ませる天才だ。

ピンクベージュのワンピースの上に羽織るのはフリルつきのボレロじゃなくて、シンプルなカーディガンにしとけばよかった。

「ごめんなさい。お待たせしちゃった？」

「ううん、わたしもちょっと前に着いたところだから」

テーブルの上を見て、由美子はあらっ？という顔をした。

「注文はまだなの？　先に何か頼んでいてくれればよかったのに」

「ええ。あなたが来てからと思って」

1800円の紅茶なんて、恐れ多くてひとりで頼めません！

絶妙なタイミングでドアがノックされた。店員が由美子に水を運んできた。

「わたしはアールグレーをホットで」

この個室は使い慣れているのだろう。由美子は手元に置かれたメニューを広げず、笑顔で注文した。

「じゃ、わたしも同じものを」

たしかアールグレーは1950円だったような気がするけど。

「ごめんなさい。急にお呼びだてしちゃって。そういえば、苑ちゃん、お住まい、今どちらだっけ？」

「二子玉の近くよ」

多摩川は越えるけど、まあ、ウソではない。

「あら、そうなの。近くなのね、うちは自由が丘。きょうはちょっとこの辺で用事があったから、表参道にしちゃったけど、今度はあっちの方でお茶しましょう」

そうね、と笑顔で頷いてはみたけれど、なんだかしっくりこない。そもそもあたしたち、ふたりでお茶するような仲だったっけ？

由美子は自由が丘のお気に入りのカフェをいくつかあげ「近いうちに必ずね」と念を押すと、ケリーバッグの中から手帳と「レコルト」を取り出し、テーブルの上に置いた。

思わず、表紙と目の前の実物を見比べる。最近の印刷技術をもってすれば、十歳くらい余裕で若返るというけれど、こと由美子に関しては、修正は不要のようだ。白くてきめ細かい肌は自然光が入るこの部屋で見ても厚塗り感がない。あえて言うなら、目尻のシワをちょっと消しているくらいか。

「これ、先月号の『レコルト』よ。ご覧になった?」

ご覧になったどころか、10月号が発売された今でも一日一回は、18ページに載った自分の写真を眺めている。

「ええ、知り合いから教えられて。由美ちゃんの特集のところに、ミスフォンの写真が載ってて、びっくりしちゃった」

由美子は胸の前で拝むポーズをした。

「そうだったわ、ごめんなさい。載せる前になんとか連絡しようと思っていたんだけど、苑ちゃんとはずっと音信不通だったから」

「いいのよ、〈トレジャー〉のところに載せてもらって光栄だわ」

由美子は18ページを開いた。

「苑ちゃん、ほんとかわいいわ。真理恵ちゃんもすごくキレイ。なのに、わたしは……。やだなー、顔がパンパン。どうしてこんなに真ん丸だったんだろう」

準ミスのたすきをかけた二十四年前の自分の顔を指先で軽くはじくと肩をすくめ

て笑った。

「ミスフォンって、あたしにとっては黒歴史だから、公開するの勇気がいったのよ。でも、なんていうのかしら、この年になると、学生時代が、むしょうに懐かしくなっちゃって」

クラシックのBGMを遮るように、ノックの音が響いて、紅茶が運ばれてきた。店員はティーポット、カップ、砂時計を丁寧にテーブルの上に並べていく。

「ありがとう」

由美子は優雅にレコルトスマイルを浮かべる。

「ところで、電話でお話しした件なんだけど……」

店員が静かにドアを閉めたのを確認すると由美子は、ここだけの話にしてほしいの、と前置きして用件を切り出した。

「担当の編集者とも相談したんだけど、わたし、しばらく露出を控えようと思ってるの」

「えっ？」

「『フルール』の読者モデルでデビューしてから、わたし、出ずっぱりで、ずっと忙しかったから。ご存じの通り、主人のことが週刊誌に載って……。自分のこれからのことを考える時間が欲しいなって思うようになったの。と言ってもね、5〜6ページの特集を一本減らして、2ページでやっている連載を半分にするぐらいなんだけど」

その程度減らすだけでも、だいぶ自分の時間が確保できるのだと話しながら、由美子は砂時計をちらりと見た。

「砂、落ちたみたいよ。紅茶、いただきましょ」

由美子はポットを傾けた。左手の薬指に指輪はなし。

「でね、そうなると、そのページを何か他の企画で埋めなきゃいけないんだけど、この前の編集会議で、読者モデルの連載ページを作ってみないかって話になったの。編集部で考えているのは五人。十二月に発売される号に募集の告知をして、三号ぐらいあとに発表する予定よ。それを聞いて、わたし、まっさきに苑ちゃんの顔を思い浮かべたの」

「えっ、わ、わたし?」

一瞬、耳を疑った。読者モデル？　このあたしがこの年で？

「そう。それで『レコルト』にミスフォンの写真載せることにしたの。担当の編集者に『この人、いいんじゃないかしら』って言ったら、向こうも大乗り気で。編集長にはまだ言ってないけど、彼女、聖泉出身だし、きっと苑子ちゃんのこと気に入るはずよ」

「でも、あれは二十四年も前の写真だし」

「あら、でも写真写りの良さは年をとっても変わらないわ。わたしなんて写真写りがすごく悪かったからカメラに慣れるところから始めたけど、苑ちゃんはミスフォン時代からすごくフォトジェニックだったじゃない。読者モデルに向いてると思うの」

　これってホメられているのだろうか。実物はたいしたことないけど……と言われてるような気がするのはあたしのひがみ？

「編集部には、『読者モデルになりたいんです』ってメールや電話が多いの。だから、かなりの数の応募があるでしょうね」

　由美子は少し身を乗り出して、声を落として言った。

「苑ちゃんだから言うんだけど、実は今回の募集、ほとんど出来レースなの。五人のうち、ひとりくらいは応募者の中から選ぶけど、あとはコネかスカウトなのよ」

「でも、どうしてわたしなの？」

　読者モデルなら元ミスフォンの真理恵のほうが……という言葉を慌てて呑み込ん

だ。さすがに夫の不倫相手を推薦はできない。こっちの気持ちを読み取ったか、由美子が言った。

「主人のことには関係なく、真理恵ちゃんにも声をかけようかと思ったの。でも、よく考えたら、あの人バツ1でしょ」

「1じゃなくて2よ」

「あら、そうなの、知らなかった。こちらとしては3でも4でも、今、結婚していれば問題ないんだけど。ご存じのように『レコルト』のターゲットは主婦。苑ちゃんみたいなアッパーなマダムなの。ねぇ、どうかしら」

夢のようだった。ロウワーな似非《えせ》マダムのあたしが、憧れのブランドの服を着て一瞬だけでもアッパーな気分に浸れる。

すごい！　この弾む感じ、何年ぶりだろう。どんよりと心を覆っていた暗くて重たい膜がすーっとはがれていく。あたし、まだまだイケるんだ。もうひと花、いやふた花、咲かせられそう！

「拘束時間は、普通の読者モデルよりちょっと多いかな。打ち合わせをかねて月三日ぐらい。もっとも苑ちゃんの人気が出れば、六日ぐらいになることもあるけど。謝礼はページ数や写真の扱いにもよるけど、一回の撮影で2万円前後。すごく刺激になると思うし、誰にでもできる仕事ではないわ」

一回出ただけで2万円前後？　女子大生時代に読モとして登場したときは多くても5000円だった。さすがアッパーなマダム雑誌だ。それだけ貰えるってことはきっと写真の扱いも大きいはず。もう結衣に「米粒大」なんて言わせない。

カメラのフラッシュを浴びながら、首を傾けたり、上目づかいをしたり、おどけてアヒル口にしてみたりする自分の姿が浮かんできた。カシャカシャという心地いいシャッター音まで聞こえてくるようだ。

「すごくありがたいお誘いだけど……」

やる、やる、やる！　絶対やる！　気持ちはすでに「レコルト」一番人気の読者モデルだ。でも、ここですぐに飛びつくのでは節操がなさすぎる。

「主人や娘にも相談したいし、少し考えさせてもらってもいいかしら」

頬に手にあてて、優雅に答えてみた。

「もちろん。もし、よければ、カメラマンも紹介するわ」

「カメラマン？」

「採用と決まっていても、形だけの応募はしてほしいの。そのときに写真が必要でしょ。知り合いにね、空気感がある写真撮るのがうまい人がいるのよ。その人、とっても器用で、ナチュラルな修正も上手なの」

「そう……」

ナチュラルな修正……。柔らかな物言いの中に、ちくっと刺さる棘《とげ》がある。

「苑ちゃん、わたしでよかったら、撮影用の服、買うの、つきあうわ。といっても、そんなに高い服じゃなくていいのよ。ナチュラルでシンプルなのが『レコルト』だから」

苑子は由美子の顔を見た。どこまでも優しい笑顔をどこまで信じていいのだろうか。わからないまま「ありがとう、ご親切に」と口角を上げた。

16

六本木通りの脇道を入って、二番目の角を右に曲がった。車一台通れるかどうかの狭い道をはさんで小さなマンションやビルがひしめいている。

えーっと、このあたりなんだけど……。

苑子は、ななめ前の五階建てのマンションを見上げた。白い外壁には稲妻のような形をしたひび割れがところどころ入っている。開け放したままにしている曇ったガラス扉の脇の黒い銘板に目をやる。「ヴィラ六本木」。

やだ、これが八木沼正志《やぎぬままさし》のマンション？

カメラマンの事務所で、しかも六本木にあるというから、打ちっぱなしのコンクリートやガラス張りの建物をイメージしていたのに。

小さな石段をあがって建物の中へ入っていく。古い侘《わび》しい臭いが漂っている。薄暗い廊下のつきあたり、安物のペンキで塗り直したような水色のドアの前に立ち、苑子は美容院に行ってきたばかりの髪の毛をなでつけた。

腕時計の針は、ぴったり待ち合わせの時間を指している。インターフォン――というより呼び鈴？　を鳴らすと、チンと昭和な音がした。

「ほぉーい」という声と共にドアが開く。

縁なし眼鏡をかけた中年男が顔を出した。ずんぐりした体型で紺色のスウェットの腹が布袋《ほてい》さまに負けないくらい突き出ている。

ものすごいイケメンが出てきたりして……。そんな期待は一瞬で砕け散った。

「鮎川さんの紹介で参りました山岸ですけど」

「はいはいはい。とりあえず中に入ってくれる？　あ、靴はそのままでいいから」

日当たりが悪いフローリングの部屋は、昼間から電気がついていた。

苑子は十畳ほどの事務所をぐるりと見回した。真ん中に木製の大きな作業台がひとつ。ダークグレーの壁に沿って置いた机にパソコンが二台。その隣にある銀色のスチール棚にはカメラケースがいくつか。想像していた撮影スペースなどない。殺風景な部屋だった。

八木沼は「その辺、テキトーにかけてよ」と言うと、奥にあるシンクに引っ込んだ。言われるままに、作業台の前の黒いスツールに腰を下ろした。

「うちさ、飲み物、エスプレッソ以外ないけど、それでいい？」

返事をする前にシンクの脇に置いてあるエスプレッソマシーンがごりごり豆を挽《ひ》き出した。ぐぃーんという音が部屋中に響き渡る。

「ほい、お待たせ」

赤と黒、小さなカップをふたつ手にした八木沼が苑子の前に来た。赤いカップを差し出すと、パソコンの前にあったオフィスチェアに腰かけた。ずるずるとキャスターを引きずって苑子の向かいまで移動してくる。

「えーっと山岸さんだっけ？　由美ちゃんと同じミスフォン出身なんだよね」

「はい。といっても、準ミスフォンですけど」

眼鏡の奥のミミズのように細い目が値踏みするようにこっちを見た。

そんなにじっと見ないでよ。

スツールの下で右斜めに揃えていた脚を心持ち後ろに引く。

由美子のアドバイス通りシンプルなベージュのニットを着てきてはみたけれど、膨張して見えないかしら。せめてあと一週間あったら……。

先週の木曜日に〈せっかくのチャンスだから読者モデルやってみることにしたわ〉と伝えたら由美子は八木沼に連絡をとり、土曜日に折り返してきた。〈しあさってアポが取れたから〉行動力溢れるというか強引というか。プロフィール写真を撮るなら撮るで、こっちにも準備があるのに〈編集長にも早く写真見せておきたいし〉とせかされた。〈大丈夫。ダイエットは写真撮ってからで間にあうわ。彼、ほんとに修正うまいんだから〉棘入りのフォローまでしてくれた。

でも、やっぱりもうちょっと待ってもらうべきだった。電話があった日は昼だけ。翌日は断食。昨日は野菜ジュースと夕食だけで我慢したのに、結局体重は一グラムも変化しなかった。

「で、きみ、由美ちゃんより何年先輩？」

は？

湧き上がってきた怒りで眉間にシワがよりかけた。急いで元に戻し、苑子ははっきりと大きな声で言った。

「いいえ、同じ学年です」

へぇー、そうなの。八木沼はそれだけ言うとエスプレッソを旨そうにすすった。

不快指数100！　まったく失礼しちゃう。この男、第一印象もイマイチだけれど、それがそのまま、いやもっと悪くなっていく。

だいたい由美子も由美子だ。カメラマンにはちゃんと話しておくって言ってんだから、年齢ぐらい正確に伝えてくれなくちゃ。

苑子は沸々と湧いてくる怒りを押し戻すように一気にエスプレッソを飲んだ。

苦い、苦すぎる。

「旨いでしょ、これ」

八木沼はエスプレッソマシーンの自慢を始めた。やっぱりイタリア製のマシーンは豆の挽き方が違うとか、味の決め手は抽出でスプーンからハチミツを流すぐらいの速度が最高だとかどうとかこうとか……。ていうか、あたしはプロフィール写真を撮ってもらいにきたんですけど。何度も出かかる言葉を呑み込んだ。我慢、我慢、ここで印象を悪くしたら、後の撮影に響く。苑子は口角を上げ、適当に相槌を打った。

「読モ志望なんでしょ」

ようやくエスプレッソ自慢が終わった。

「はい」

「きみ、主婦だよね？　カリスマモデル鮎川由美子に憧れてってクチか」

「いや、わたしはただ……」

もうひと花、できればふた花、咲かせたいだけ。

「いいんじゃない。本物のモデルになっちゃうと弱肉強食の世界だし。ここだけの話、花新《ハナシン》って、中に入ったら入ったで大変なわけよ。ジュニアが社長になったっていっても、背後でゴッドマザーって言われる元社長の母親が睨みきかせて、あれこれ口出ししてくるし。で、編集者もみんなキリキリしててさ。きみみたいなおっとりタイプの主婦には耐えらんないだろうしね。モデルやるなら読モぐらいがいちばんラク。『レコルト』だとコレもいいしさ」

太くて短いひと差し指と親指で○《マル》を作って掌を上に向けるとにやりと笑った。

そうだ、そういえばお礼……。この布袋腹にいくら払えばいいんだろう。由美子に相場を聞いておけばよかった。

これだけ人のこと主婦呼ばわりするんだから、あんまりふっかけてきたら「しがない主婦ですから」と言ってまけてもらおう。

「で、必要なのは全身の正面と横向き、あとは顔アップね」

八木沼は立ち上がってパソコンの隣に置いた小さなケースから名刺を一枚とり出した。

「遅くなったけど、これ」

苑子は横書きの名刺に眼を落とした。

〈写真家　八木沼正志〉

毛筆みたいな字体で大きく名前が記されている。

「じゃ、行こうか」

イタリア国旗と同じ配色のメッセンジャーバッグを肩にかけながら、八木沼が言った。

「えっ?」

「撮影だよ、撮影。そのために来たんでしょ。このマンションの裏にいい公園があっから」

「あの、機材は?」

「ちゃんと入っているって」

そう言って、バッグの中からカメラを取り出して見せた。

やだ、それ、ウチのと同じ、デジタル一眼《デジイチ》レフじゃない。それで撮るわけ？　照明もレフ板もなし？

「そんな不安そうな顔しないでよ。俺の仕事は撮ってからが勝負なの。修正にかけちゃ、ちょっとした職人《アルチザン》なんだって」

「そうじゃなくて、ちょっとメイク直しを……」

よりによって公園で撮影だなんて。現場で顔もロクに直せやしない。

「いいよ、そんなの。あのさぁ、俺、この後、別のアポ入ってて時間ないんだよね。早く行こ。下手なメイク直しより、俺のお直しのほうが確かだって。いい腕持ってるんだから」

八木沼は上腕二頭筋のあたりをポンポンと叩いて見せた。

あたしの第二の人生がかかっているというのに……。心に暗雲がたれこめる。

苑子は大きく息を吐き出して、ガニ股気味に歩く八木沼の後についていて部屋を出た。

さっきまで曇っていた空が晴れてきた。透明な光がコーヒーテーブルの上に置かれた三枚の写真に注がれる。

リビングのソファに腰を下ろした苑子は、一番写りのいい真ん中の写真を手にした。

透き通るような青い空をバックに苑子がアップで微笑んでいる。

すごい！　色白の柔らかそうな肌は毛穴レス。目のまわりの小ジワも顎のたるみもきれいに消えている。これぞ、準ミスフォン、松岡苑子の進化系。長い主婦生活を送る間についた無駄な肉と日々の疲れはすべて取り去られ、砂糖菓子のようなキュートさを残したままステキに年を重ねている。

先週の寂れた公園での撮影は悲惨だった。売れっ子カメラマンというのは、キレイ、カワイイ、サイコー、いいねいいねその感じ……などと血中美人度が急上昇しそうな言葉を連発しながらシャッターを切るものだとばかり思っていた。

でも、布袋腹の八木沼は終始、仏頂面。

「はい、正面向いて」「次、横」「今度は下向いて、ぱっと顔あげて」と山本歯科クリニックの歯科衛生士並みの愛想のなさで事務的に指示するだけ。デジイチはあまりに静かなシャッター音で、苑子が楽しみにしていたカシャカシャカシャという

BGMもなし。

犬の散歩にやってきた近所のおじいさんが物珍しそうに、こっちを見ていた。

こんなはずじゃなかった、これで本当に大丈夫なのかと落ち込んだけれど、週末に送られてきた写真を見て、あまりの仕上がりの美しさに飛び上がった。

〈俺の仕事は撮ってからが勝負なの。修正にかけちゃ、ちょっとした職人なんだって〉

布袋腹、侮れぬ。

コーヒーテーブルの上にある正面と横向きの全身写真をのぞき込む。思わず頬が緩んでしまう。細すぎず太すぎずの絶妙な肉づき。重力の法則に耐え切れず、下半身でだぶついていた肉がきれいに本来あるべき位置に収まっている。

そういえば……。苑子は傍らに置いてあった「レコルト」をちらりと見た。この前、由美子は読者モデルは五人選ぶと話していたっけ。

読モ特集のレイアウトが浮かんできた。

6ページ企画で最初のページは、数千人の中から選ばれた五人の読者モデルが白シャツ姿で並んでいる。

センターはもちろん苑子。

〈うわっ、キレイ！　この人、ほんとに読者？〉

　読者が驚きそうな初々しい笑顔。申し訳ないけれど、他の四人は苑子の引き立て役にしか見えない。

　次のページからは各読モの紹介だ。苑子は言わずもがなのトップバッターで、他のモデルたちよりスペースが大きく見開き2ページ。編集部が用意してくれた春のコーディネイトに身を包み、ちょっと照れたように笑っている。

　そうだ、プライベートを紹介するコーナーでは由美子と自由が丘でお茶をしている写真を載せてもいいかも。キャプションはこうだ。

〈由美子さんとは大学時代からの親友。聖泉大学では一緒に準ミスフォンに選ばれたそうです〉

　これでポスト鮎川由美子はいただき。

　編集部には〈山岸苑子さんのページもっと増やしてください〉〈山岸さん、ひと目見てファンになりました〉そんな意見がたくさん寄せられて、次の号からは、あたしのページがもっと増えて……。

「キモッ。なに、ひとりでニヤニヤしてんの」

　結衣の声で現実に引き戻された。

「ああ、結衣ちゃん。学校じゃなかったの」

「三限目、休講になったから帰ってきた」

ぼそりと言うと、結衣は冷蔵庫から取り出しかけたミネラルウォーターを中へ戻した。シンクの横にあった洗いたてのマグカップにお湯を注いで、こっちに来る。

あれ？　結衣ったら、スウェットのロングスカートを穿いている。

ダメージジーンズしか穿かなかった結衣がどういう心境の変化？　拓海くんに「スカート穿いてほしい」とでも言われたのかしら。

でも、そんなことよりまずはこれ。

「ちょっと見てよ、これ。読モの応募用の写真、プロのカメラマンに撮ってもらったの」

浩介と結衣には、由美子に勧められて「レコルト」の読モに応募するとしか言っていない。出来レースであることはもちろん内緒だ。１００パーセント苑子の実力で選ばれたことにして〈ミーハーは死んでもなおらない〉〈記念応募ってか〉〈郵送代が無駄〉などと言いたい放題の家族をぎゃふんと言わせてやりたかった。

結衣は苑子が差し出したアップの写真をじーっと見た。

「すごいじゃん」

「でしょ、自分で見てもすっごいキレイ」

結衣の切れ長の目がじろりとこっちを見た。

「じゃなくて、このデカ目と色白加工が。プリクラじゃねぇんだから。盛りすぎじゃね？」

「やーね、そんなことないわよ、光線の加減っていうか、角度でこう見えるの」

「なわけねぇし。これじゃ詐欺罪で訴えられるって」

どうして、この子は素直に人を褒められないのか。

「ひっどーい。そりゃ多少お直しはしてるかもしれないけど、ほんのちょっとよ。イマドキのモデルはこれくらい直すの常識だし、元が良くなきゃここまでの仕上がりにはならないわ」

「はい、はい」

結衣はマグカップの湯を飲み干すと立ち上がった。

「ところで結衣ちゃん」

「なに？」

「ううん、なんでもない」

どうしたの、そのスカート？　と聞こうと思ったけど、やめにした。

結衣も、もう十九歳だ。スカート穿こうがジーンズ穿こうが、本人の自由だ。

苑子は青空をバックに微笑む自分の顔をもう一度眺めた。

あたしはもうすぐ読モになる。これで長年の専業主婦ともサヨナラだ。新生・苑子。もう、このソファで寝転がってはいられない。打ち合わせに撮影に……それから「レコルト」の読者モデルとして自分磨きにも励まなくちゃ。専業母もそろそろ卒業の時期かもしれない。

「用事ねぇのに、呼ぶなよ」

結衣はバタンとドアをしめ、部屋を出ていった。

17

窓から見える空は、継ぎ目なく鉛色の雲に覆われている。今にも泣き出しそうな天気……。それでも、きょうはお仕事初日。「レコルト」の担当編集との顔合わせだ。気分は秋晴れだった。

苑子は正面の柱時計を見た。待ち合わせの時間まであと五分。一ヶ月ほど前、ここに来たときは緊張しまくりだったけど、きょうは落ち着いたものだ。さっき水を運んできた店員にも「注文は連れが来てからにします」とレコルトスマイルを浮かべちゃった。

ライムグリーンのニットからのぞく白シャツの襟を整えた。バッグから万年筆と手帳を取り出して木目のテーブルの上に置く。このラムスキンレザーの表紙、なんてかわいいピンクなんだろう。シルバーで「DREAMS AND THOUGHTS」と書かれている。ネットで一目ぼれして買った。これから夢を現実にしていくあたしにぴったり。見ているだけで頬が緩んでくる。

昨夜、結衣に「いいでしょ、このショッキングピンク」と自慢したら「は?」と聞き返された。いまどきはこのピンク、フューシャピンクというらしい。

呼び名は変わっても、苑子は昔からずっとこの色が好きだった。

まだ何も書かれていない手帳をパラパラめくってみる。さすが英国王室御用達《ごようたし》のメーカーのものだけはある。淡いブルーの紙は横罫線《けいせん》のシンプルなデザインで一枚一枚透かしが入っている。

本当はもうひとつ大きいサイズのものが欲しかったけれど、1万円超えしたので泣く泣く諦め、この掌に収まるサイズにした。これで6800円。ありえないくらい高い。それでも清水《きよみず》ジャンプで買ってしまった。アッパーなマダム雑誌「レコルト」の読者モデルとして、いつか私物を公開することがあるかもしれない。手帳にはこだわりたかった。

結婚してからというもの、まともにつけた手帳は母子手帳くらいだ。たまに入る予定はリビングの卓上カレンダーに書き入れていた。それでじゅうぶんだった。

でも、これからは違う。もう黄昏《たそが》れた専業主婦じゃない。編集者との打ち合わせ、衣装あわせ、撮影の場所と日にちなど書き込まなければいけないことがたくさんある。

苑子は浩介の机の引き出しからこっそり持ち出してきたウォーターマンの万年筆を手にとった。結婚した年のクリスマスにプレゼントしたけれど、筆不精の夫がこれを使ったのは翌年の年賀状書きくらい、あとは放置されたままだった。どうせあたしがお金を出したのだ、これからは自分用に使わせてもらおう。

さっそく1ページ目に〈10月16日　「レコルト」打ち合わせ〉と書いた。

先週末の由美子との電話では、今月の編集会議で読者モデル応募に向けてのスケジュールがだいたい決まるという話だった。会議は昨日行われたはずだ。このあと、ここにどんな予定が書き込まれるのだろう。想像するだけでブルーブラックの文字も弾んで見える。

柱時計の針が待ち合わせの時刻を指そうとしていた。いよいよだ。オーク材のドアを叩く小気味よい音がした。

「はい」

ドアが開いた。

「お連れ様がいらっしゃいました」

店員が顔を出して、すぐに引っ込んだ。

入れ替わりに由美子と色白の痩せた女が入ってきた。

「はじめまして」

目があった瞬間、連れの女が頭を下げた。由美子は女を見て言った。

「こちらが山岸苑子さん。ね、ミスフォンの頃と少しも変わってないでしょ」

由美子が紹介すると、女は笑顔で頷いた。

「由美子さんからいろいろお話はうかがっております。きょうはお目にかかるのを楽しみにしていました」

女はテーブルを回って苑子の前まで来て、雑誌の表紙と同じシャーベットオレンジのロゴが入った名刺を差し出した。

「レコルト編集部の小山田《おやまだ》です」

〈花房新社　ｒéｃｏｌｔｅ編集部　編集次長　小山田友里《ゆり》〉

アッパーな「レコルト」の編集者というから、てっきりブランド品で身を固めたゴージャスな女が来るかと思っていた。

でも、目の前の小山田は紺のニットにジーンズ姿で拍子抜けするほどあっさりしていた。ちんまりとしたお雛様《ひなさま》顔で、長い髪を団子にして化粧気もほとんどない。

三十代半ばくらいだろうか。

この人となら、うまくやっていけそう。

「名刺を持ってなくて、すみません。山岸苑子です。よろしくお願いします」

頭を下げながら気がついた。大事なものを忘れていた。早く名刺も作らなくっちゃ。……って名刺ってどこへ行けば作れるんだろう。

黒いニットワンピースに身を包んだ由美子は隣に腰かけようとする小山田を見ながら言った。

「『フルール』でモデルデビューしたときから、彼女が担当だったの。わたしがいちばん信頼している編集者なのよ」

「フルール」からのつきあい……となると、十年は経っている。もう一度、小山田の顔を見た。若く見えるけど、意外と年がいっているのかもしれない。

ドアをノックする音が響いた。

この前と同じ絶妙なタイミングで店員が水を運んできた。

「わたしはアールグレーをホットで」

「じゃ、わたしはアッサムティー。ストレートでお願いします」

由美子に続けて小山田もメニューを見ずに注文した。

「じゃ、わたしもアッサムティー。ミルクつきで」

この前は由美子の奢《おご》りだったけれど、きょうは仕事の打ち合わせだ。お茶代も経費で落ちるはず。１９００円の紅茶を堂々と頼んだ。

店員が静かにドアを閉めたのを見計らって、苑子はバッグからA５サイズの封筒を取り出した。中には苑子史上最高ともいえる写真が三枚入っている。

「これ、プロフィール用の写真です」

由美子と小山田の間に静かに押し出した。

あれ？

ふたりとも頷いただけで、中身を確認しようとしない。

三人の間をガーシュウィンのラプソディ・イン・ブルーが軽やかに流れていく。

どうしよう、この沈黙。

いきなり本題に入ってはまずかったのだろうか。

あたし、ちょっとがっつきすぎ？　ここは世間話をしてワンクッション置くべきだった？　でも、この前、電話で〈早く写真が見たい〉って言ったのはそっちじゃない。

由美子と小山田が視線を交わした。

なに、なんなの、この気まずい沈黙は。

水をひとくち飲んで、細いグラスをテーブルの上に静かに置いた。

由美子がようやく口を開いた。

「これ拝見する前に、お伝えしなきゃいけないことがあるの。本当に突然で申し訳ないんだけど、実は『レコルト』が休刊になることが決まったの」

「えっ」

休刊って……。

なにそれ？

まだなんにも始まっていないのに、どういうこと？

頭の中が真っ白になっていく。次に続ける言葉が見つからない。

「ごめんなさい」

由美子に続いて、小山田も「申し訳ありません」と頭を下げた。

「昨日、編集会議で突然、局長から発表ありまして。来年二月に発売される3月号をもって『レコルト』と『フルール』が休刊することになったんです。こちらとしても寝耳に水というか……」

3月号って……。ちょっと待ってよ、あと四号で「レコルト」がなくなっちゃうの？

由美子が小山田の後を引き取るように言った。

「ごめんなさい。会う前に電話で話そうかなと思ったんだけど、内容が内容だから」

でも、なんで？「レコルト」は花房新社の看板雑誌だったはずだ。

「……雑誌、売れてたのに」

独り言のように呟いた。

あたしのまわりではみんな「レコルト」が好きだった。美月も山本歯科クリニックの歯科衛生士も、あの山本くんまで。それくらい人気の雑誌だからこそ、読モの誘いを受けて舞い上がっていたのだ。

あー。頭をかきむしりたくなった。

なんなの？　なんでこうなるの？　せっかく専業主婦を卒業できると思っていたのに……。

体の芯から力が抜けていく。

「雑誌の売れ行きは、創刊時ほどではないにせよ、まずまずだったんです。でも、出版不況のあおりを受けてか、数年前から広告収入が減ってきておりまして。女性誌というのは雑誌の売り上げだけでは、ほとんど利益は出なくて。言ってみれば広告収入がすべてなんです。でも、それにしても、今回の休刊はあまりに突然すぎます。もう少し様子を見てくれれば」

わずかではあるけれど、広告収入も回復の兆しが見えてきたところだったのに。

小山田はそう言って小さく薄い唇を嚙んだ。

「こう言ってはなんですけど、もっとシビアな状況にある雑誌は他にたくさんあるんです。なのにあえて『レコルト』と『フルール』を潰すっていうのは……」

小山田はちらりと由美子を見た。この先を話してもいいのかしら？　スッと筆で書いたような眼は言っている。

そこでノックの音がした。

これまた絶妙なタイミングで店員が紅茶を運んできた。ティーポット、カップ、砂時計をそれぞれの前に並べていく。

「ありがとう」

こんなときでも由美子はレコルトスマイルを忘れない。

店員が静かにドアを閉めた。苑ちゃんだからお話しするんだけど、と前置きして今度は由美が話し出した。

「私怨……というのかしら。この三月、花房新社は社長が交代して、六代目になったのね。その人、新入社員の頃に『レコルト』の編集長にものすごくしごかれたらしいの。お坊ちゃま育ちでそれまで人に厳しくされたことなかったから、よっぽど堪《こた》えたらしくて、いまだに根に持っていて。積年の怨《うら》みをはらすために、編集長が立ち上げた『フルール』とセットで潰すんじゃないかって、みんな言ってるわ」

ちょっと待って。それって……。

いつか美月が話していた、「黒女ニュース」の書き込み通りだ。

あのときは天下の「レコルト」が昨日きょう社長になったばかりのひよっ子の一存で潰れるはずはないと心の中で笑い飛ばしたのに。

出版社ってそんなデタラメが通用するわけ？

「小山田さんは『レコルト』が休刊したら、新雑誌準備室に移ることになっているの。本当だったら、今の編集長がそのままそこの室長におさまるはずだったのに、幼児誌に異動になって。かわりに鮎川が就任するんですって。あの人、編集経験ゼロなのに、広告局からの異例の人事よ。腰ぎんちゃくというか、イエスマンというか。同じ大学出身のジュニアが出版局長だった頃からゴルフだ、接待だって、なにかとつるんでいたから」

あの伸治が？

「でも、伸治さんって、この前……」

「倒れたわよね。でも、今じゃ嘘《うそ》みたいにピンピンしているわ。脳梗塞っていっても軽いものだったし、処置も早かったから、後遺症もなかったの」

新雑誌準備室が本格的に動きだすのは一ヶ月以上先のことで、お医者さまにも問題ないと太鼓判を押されたのだという。

でも、健康上、問題がないにしても、編集上、問題がありすぎる。あの遅れてきたギョーカイ人がファッション雑誌を作るなんて。

そのジュニアって、いったいどういう神経しているんだろう、顔はもちろん名前すら知らないけれど、伸治に毛が生えたみたいなチャラい男に決まってる。

手元のピンクの手帳を見た。

〈10月16日　「レコルト」打ち合わせ〉

打ち合わせも何もしないうちに終わっちゃった。

幻の読者モデル……。

なんであたしがこんな思いしなきゃいけないんだろう。涙がこぼれそうになって上を向いた。

「苑ちゃん」

やや間があって由美子は続けた。

「実はわたし、鮎川が倒れる前から離婚届を渡していて。あの人が退院してから家を出たの。今は別のところで暮らしているわ」

「離婚……するの？」

由美子は静かに頷いて、砂時計を見た。紅茶をカップにゆっくりと注ぐ。ティーポットに添えられた左手の薬指にはきょうも指輪はない。

「この前、一緒に病院に行った帰り、ようやく判を押すって了解してくれたわ。わたしとしては、もっと早くに別れたかったんだけど、仕事の絡みもあって先延ばしになっていたの。もしも、あの人の病気が長引いたりしたら、またタイミングを逸したと思うけど、幸い軽くてすんだから……」

伸治が倒れたとき、真理恵の前で見せたあの落ち着きは、演技でも強がりでもなかった。ふたりは夫婦として本当に終わってたんだ。早晩、別れようと思っている相手が愛人の家で倒れようがどうしようが、もう知ったこっちゃないというのが、由美子の本音だったのかも。

苑子は由美子の白い手をもう一度、盗み見た。左手の薬指の根元が少しへこんでいる。長い間、シルバーの指輪で縛られていたみたいに。

「でも、別れられると思ったら、いきなりこの仕打ち。縁が切れた途端、わたしもパージされちゃった」

由美子は宙を見据えて言った。

そういえば、由美子は「レコルト」の専属モデルだ。事務所にも入っていない。休刊と同時に職を失ってしまう。

いや、でも、誰もが名前を知っているカリスマモデルなんだから。路頭に迷うことはない。かわいそうなのはやっぱりこのあたしだ。

「雑誌なくなっちゃったら、どうするの？」

「もちろん、このままでは終わらないわ」

伏し目がちだった由美子が目をあげた。その瞬間、気がついた。由美子って目が大きいいんじゃない。目の光がものすごく強くて大きく見えるんだ。

「わたし『レコルト』という冠を奪われた、ここからが勝負だと思っているの。苑ちゃんには黙っていたけれど、前々から花房新社のやり方には疑問を持っていて。近いうちになんとかしようと思って、いろいろと準備を進めていたところだったの」

「準備って？　……あ、この前、将来のことを考えたいと言ってたのも、そういうこと？」

「ええ。わたしだけじゃなくて、小山田さんも一緒にね」

由美子は隣で頷いていた小山田に目配せした。

「花房新社には二十年勤めましたけど、わたしもいろいろ考えることがありまして。特にジュニアが社長になってからはガタガタ続きで。先代の女社長はしっかり者だったし、信念があった。でも、今はもう……。あの会社、はっきりいって、終わっています。ジュニアの社長就任も近いって噂が社内で出始めていた頃から、見切りはつけていて。独立に向けてひそかに動いていたんです」

この人も由美子と同じ。新たな人生を踏み出そうとしている。

でも、ちょっと待って。勤めて二十年ってことは……この人、あたしと同い年ぐらいだ。信じられないくらい若い。スキンケア、何使っているのかしら。

っていうより、これって、いわゆる内面からの輝き？　由美子にしても小山田にしても、逆境なのになんだかイキイキしてる。野心って、そこいらの美容液よりずっと効き目があるのかもしれない。

「わたしも『レコルト』には義理があるから。できれば、苑ちゃんたち――読者モデルが育ってからサヨナラしたいと思っていたの。でも、こうなったら、もう動くしかないわ。時期がこんなに早まってしまったのは想定外だったけどね」

そうだよな。こんなあっけない幕切れ、想像すらしていなかった。由美子は小山田とともに旅立ち、あたしはまたぐだぐだな専業主婦に逆戻り。嫌だ、そんなの。

苑子は紅茶にミルクをたらした。白い筋は渦になり飴色の液体の中にゆっくり溶けていく。

「苑ちゃん」

由美子のまろやかな声が響いた。

「安心して。読者モデルの件はいったん棚上げになってしまったけれど、こちらからお誘いしたんだもの。この縁を無駄にはしないわ」

もしかして、これって、独立プロジェクトの仲間に引き入れられてる？

でも、なんであたし？

専業主婦のあたしに読モ以外何ができるっていうんだろう。なんと答えていいかわからない。苑子は黙って紅茶のカップを傾けた。

「もう少しだけ待ってて。わざわざ新調したスマイソンの手帳も無駄にはさせないわ。そのうち、もっと大きな手帳が必要になるくらい忙しくなるわよ」

由美子は苑子の真新しい手帳を見てにやりと笑った。

18

どこからか冷たい風が吹いてきた。

寒っ。苑子はコートの前を掻き合わせ、ストールを巻き直した。

緑道の銀杏は、ようやく色づき始めていた。傍らの児童公園から幼いはしゃぎ声が聞こえてくる。

四、五メートル先に古ぼけたマンションが見えてきた。エントランスの前には誰もいない。いつも噂話に花を咲かせている美月はどこへ行ったのか。

まったく、きょうに限って……。

後ろから、美月に声をかけられることを期待しながらゆっくり歩いていったけれど、ほどなくしてマンションに着いてしまった。エントランスの前にある花壇には、スミレ色と黄色のビオラが競うように咲いている。

こんな可憐な花なのに、冬を越して春まで咲き続ける。寒さに耐えるために今のうちから土の中で根をしっかり張っているのだと、なにかで読んだことがある。

やっぱり花を咲かせ続けるためには、それ相応の努力をしなきゃいけないのよね。

苑子は立ち止まって、風に揺れる華奢な花びらを見つめた。

〈もう少しだけ待ってて〉

表参道のカフェで由美子に言われてから、かれこれ三週間になる。

連絡はまだない。

先週末に発売された「レコルト」の12月号の表紙では、由美子がいつもと同じ柔らかな微笑みを浮かべていた。もしやと思ってページをめくってみたけれど、予定されていたはずの、読者モデルの応募はやはり載っていなかった。

あと三号。この人気雑誌がなくなってしまうなんて。いまだに信じられなかった。

あの日の帰り際、由美子は言った。

〈心配しないで。次の手は考えてあるの。そんなに長くは待たせないつもりよ。それまで苑ちゃんは自分にできることをやってて〉

由美子の言葉には有無を言わせぬものがあった。でも、あたしに何ができるというんだろう。これから何を始めるつもりなのか、そのヒントさえも教えてくれないのに。

今、自分にできることなんて、ダイエットくらいしか思い浮かばない。あとはせいぜい……。

「山岸さーん」

振り返ると、遠藤武子が満面に笑みを浮かべて立っていた。色褪《いろあ》せたGジャンを羽織って定番の迫力レギンスを穿いている。

どうもと頭を下げると、武子は岩のような体をぴたりとすり寄せてきた。

「よかった〜。ちょうどね、山岸さんとお話がしたいなと思ってたところなのよ」

きょうの武子はいつもと違う。

なんなの、このフレンドリーな態度は？

どういう心境の変化？

「ねぇねぇ、山岸さんの旧姓って、ひょっとして松岡さん？」

ええと頷いた途端、「やっぱり〜」と武子はふだんより一オクターブは高い声をあげた。嬉しそうに苑子の鼻のあたりを指さす。

「山岸さんの昔の写真、今月の『デコルテ』に載ってたでしょ」

「あ……はい」

デコルテじゃなくてレコルト。しかも今月号じゃなくて先々々月。八月に出たやつですけど。

なんで今さら？

「実はね、あたし聖泉出身なのよ。で、この前、久しぶりにクラス会があったわけ」

この武子が聖泉出身！　苑子は逞しすぎるOGを仰ぎ見た。この人、おしゃれOGの多い聖泉のクラス会に何を着て行ったんだろう。

「そこでね、例の鮎川由美子の話になって。ああいう上品な子が活躍してくれるのはOGとしても嬉しい限りだって話で盛り上がったの。あたし知らなかったんだけど、あの人、準ミスフォン出身なんですって。そしたら、『ほら、ここ見て』って友達が見せてくれた『デコルテ』の、準ミスフォン時代の鮎川由美子と一緒に山岸さんらしき人が載ってるじゃないの。もう、びっくりよ。ただ、名字が違うし、面影があるようでないような気もしたし……」

これって、遠回しに「劣化した」って言われてる？

「準ミスフォンっていっても、今は昔の話ですけどね」

そんなことないわよ～と武子は大きく首を振った。

「あたしもう感激よ。同じマンションに聖泉の後輩がいて、しかも元ミスフォンだなんて。灯台もと暗しってこのことね。嬉しいわぁ。懐かしいわぁ。あなた、蔦《つた》の絡まる五号館のカフェテリアで準ミスフォンに選ばれたのねぇ。……そうだ、山岸さん、学科は？」

「外国語学科、英語専攻です」

「あらま、あたしも外国語だわ。専攻はスペイン語。ほら、聖泉ＯＧって愛校心がものすごく強いじゃない。同じ大学って聞いただけで、ぐっと距離が縮まった感じねぇ」

武子の言葉に嘘はない。これまでマンションの前ですれ違っても、申し訳程度の笑みしか浮かべなかったくせに、同じ聖泉出身と知った途端、この愛想のよさだ。聖泉パワー恐るべし。

「そういえば、ご存じ？　『デコルテ』出している花房新社の社長——今は代替わりしたから相談役らしいけど。あの人も聖泉出身、しかもOG会の会長なのよ。そのせいか、あの出版社って聖泉大出身者がすごく多いんですって」

「お知り合いなんですか」

へぇー。花房新社の相談役はOG会長だったんだ。待てよ。苑子の頭に閃くものがあった。ひょっとして、この聖泉人脈は使えるかも。

「あたしは直接知らないんだけど、フラメンコ研究会で一緒だった松島《まつしま》さんが、昔、同じ航空会社に勤めていて今でもつきあいがあるのよ」

相談役の花房美津代《みつよ》はその友人の三つ先輩。国際線の機内で先々代に見初められ、いったんは寿退社したけれど、五十のときに夫が病いに倒れ、花房新社の社長を引き継いだのだと武子は早口で説明した。それにしてもフラメンコって……。苑子は武子の逞しい太股を見た。

「クラス会で『デコルテ』を見せてくれたのも松島さんなのよ。あたし、これまで全然興味なかったけど、パラパラめくってみたらいい雑誌ね。これから買ってみようかしら」

苑子は伏し目がちで頷いてみせた。話すなら今。

「でも、あの雑誌、あと三号で休刊なんですよ」

「どういうことよ、それ?」

武子がさらににじり寄ってきた。ほら、思った通り、乗ってきた。

「実は、ここだけの話——これって遠藤さんだから話すんですけど——新社長の横《よこ》槍《やり》が入って『レコルト』が休刊することになったんです。なんでも、その新社長、相談役のご長男でジュニアって呼ばれてるんですけどね。『これからは俺の色を前面に押し出す』って豪語してるって。しかも、ものすごく若い子好きで『あんなオバサン雑誌さっさと潰してしまえ!』って言ったんですって」

ジュニアがそこまで言ったかどうか知らないけれど、それくらいは言いそうだ。噂話には多少のアレンジが必要だし。

「ま、オバサン雑誌ですって? その新社長とんだドラ息子だわねぇ」

「花房さん……でしたっけ? OG会長は、息子さんの考えご存じなのかしら?」

「知らないんじゃないの。知ってたら、許すはずないもの」

武子は鼻息を荒くしている。きょうあたり、松島さんとやらに電話してくれるといいんだけど。拡散希望。よし、もうひと押し。

「『レコルト』の編集長もたしか聖泉出身なんですよね。だから、あれ読んでると、同じ匂いを感じるっていうか。わたし、毎月、発売を楽しみにしていたんです」

「まったく。あたしもこれから楽しみにしてたのに……」

あれっ。

武子のいかつい肩の向こうに、待ちに待った女の姿が見えた。

ターコイズブルーのトレンチコートにホワイトジーンズという出で立ちだ。

「美月さんだわ」

苑子は大きく手を振った。いまだかつてこんなにあのお喋り女のことを待ち焦がれたことはなかった。

振り返って笑顔を浮かべながら武子が小声で訊いてきた。

「ちなみに美月さんは聖泉出身じゃないのよね？」

「ええ」

苑子の答えに武子が満足そうに頷いた。

「だと思った。山岸さんは見るからに聖泉っぽいけど、なんかあの人はちょっと浮ついているっていうの？　あたしたちとは世界が違うなーって気がしたのよね。あ、じゃ、あたしはこれで。今度またゆっくり」

「ええ、是非」

武子はすぐ後ろまでやってきた美月に会釈だけすると、そそくさとマンションの中へ消えていった。

「お久しぶりぃ」

美月はきょうも買い物三昧。大きな紙袋を持っている。ショッキング……じゃなかった、フユーシャピンクにシルバーの文字。なに、この色合わせ？　あたしの手帳のパクリみたい。

苑子の視線に気づいたらしく、美月は袋を持ち上げて微笑んだ。袋と同じフユーシャピンクのネイルが塗られている。

「かわいいでしょ、これ。『アンジュール』って、今いっちばん熱いブランドで、開店前には行列ができるくらいなんですよぉ。代官山の本店まで買いに行ってきちゃいました」

「そうなの。すっごくかわいい袋ね」

心にもない笑みを浮かべてしまう。そんなことより何から切り出そうか。

「そういえば、わたし、先日、ハ、ハ、ハナシンの人と会ったんだけど……」

ギョーカイっぽくあえて「花新」と略してみた。ついでに由美子の名前を出したほうが、美月には効果的だけど、ネタ元はやはり匿名にしておいたほうがいい。

「すごい！　苑子さん、編集者とお茶したんですか。また雑誌に出たりして……」

「別に、ちょっと用事があっただけなんだけど」

思わせぶりに頷いてみせる。

「この前、美月さんが言っていた話――『レコルト』休刊って話、ごめんなさい。わたし、あのとき、否定したけれど、やっぱり本当みたい」

「でしょ」

顎を心持ち上にあげ、美月は得意げに笑った。

「さすが美月さん、情報がすっごく早くて正確なんで、感心しちゃったわ。とにかく新社長っていうのがめちゃくちゃなワンマンらしくて。『レコルト』を潰すかわりに、腰ギンチャクの広告部長に新雑誌を作らせるとか言ってるんですって。あの様子じゃ休刊も時間の問題だって今、ハナシンは、その噂で持ち切りらしいわ」

本当は「レコルト」休刊は決定事項だ。でも、広める噂はあまり正確すぎないほうがいい。

「そのジュニアっていうのが、ものすごく若い子好きで。ていうよりロリコン？『二十五歳以上は女じゃない』というのが口癖らしいわよ」

「マジですか、それ」

美月の声が急に低くなった。

苑子にも覚えがある。もう若くない、そんな衰えを感じ始める三十代はじめは、やたらと二十五歳前後の女に対抗心を燃やす。美月も例外ではないようだ。

「なに、その男。趣味悪っ。アンダー25なんて、まだ小娘じゃないですか。てか、女は三十路越えてからが花だし。そんなこともわかんない人が社長なんて、大丈夫なんですかね、あの出版社」

「でしょ。そんなんだから、人望ゼロなんですって。知り合いの編集者も嘆いていたわ」

顔も知らないジュニアだけど、話しているうちになんだかこっちまで腹が立ってきた。こうなりゃもう……。小山田から聞いたジュニアのデータに尾びれ背びれ、ついでに胸びれまでくっつけちゃえ。

「趣味はキャバクラ巡りとゴルフ。仕事でもプライベートでも取り巻きを従えて、ノーと言えば、すぐに窓際に飛ばす。とにかく人でなしって話よ」

「ひどーい。サイテーですね、その男」

美月が食い入るようにこっちを見ている。噂話って聞くより話すほうが楽しいかも。

美月のことだ。聞いた話をそのままにはしておかない。自分なりの解釈とアレンジを加えて、家に戻ったらすぐにパソコンに向かうはずだ。

苑子は心の中でほくそ笑んだ。あたしだって少しは自分からアクションを起こさなきゃ。女の井戸端パワーを最大限に使う。これが今のあたしにできる小さな闘い。あとで「黒女ニュース」をチェックするのが楽しみだ。

あれ、バッグの中で携帯が震えている。急いで取り出した。でも、着信はなかった。

なんだ。そんな気がしただけ。

由美子ったら、あたしがこんなにがんばってるのに。

今頃、どこで何してるんだろう。

19

地下鉄の出口を上がって青山通りに出た。渋谷方向にしばらく行き、信号を左に折れる。

骨董《こっとう》通りを歩くのなんて何年ぶりだろう。お上りさんみたいだとわかっていても、ついキョロキョロしてしまう。セレクトショップにカフェ、パンケーキ屋……。知らない店が増えていた。えーっとたしかこの近くなんだけど。

苑子はバッグから手帳を取り出した。今の若い子みたいに携帯でさくさく目的地を調べられない。控えておいた住所を確認した。えーっと次の、次の脇道を曲がればいいのね。

先週末に待ちに待った電話があった。由美子が待ち合わせの場所に指定してきたのは、いつものカフェから少し離れたマンションの一室だった。あ、これだ。脇道を入ってすぐのところにサンドベージュのマンションが建っている。

外壁の色は同じでも、苑子が住んでいるマンションとは格が違う。シミやひび割れとは無縁の総タイル貼りだ。

これが由美子のマンション？　前はたしか自由が丘に住んでいたはずだ。伸治と別れてここに越してきたのだろうか。家賃、ものすごく高そう。

インターフォンで名前を告げた。

「はい、お待ちしておりました」

聞き覚えのある落ち着いた声が返ってきた。多分、小山田だろう。

うちのエントランスホールにあるのとはヒトケタ値段が違いそうな立派なソファセットを横目に見ながら、エレベータに乗り「3」のボタンを押した。苑子の住むマンションのようにガタッという物騒な音はしない。静かに三階まで上がっていった。

カーペットが敷き詰められた広い廊下の突き当たりまで進む。表札には何も書かれていない。もう一度、インターフォンを鳴らすと、ブルーグレーのVネックのニットを着た由美子が出迎えてくれた。きょうは黒いパンツを穿いている。

通されたのは十五畳ほどのスペースだった。あれっ、このカッシーナのソファ、前に「レコルト」で見た由美子の自宅リビングにも同じものがあったような気がする。

「どうぞ」

勧められるままに腰を下ろす。うちのソファと違って、お尻を優しく包み込んでくれるような座り心地。

「ごめんなさいね、まだ引っ越したばかりで殺風景でしょ、この部屋。そのうち絵でも飾りたいんだけど」

「今、ここに住んでるの？」

由美子は首を横に振った。

「家はこの近くの小さな古いマンションよ。こっちはオフィス」

……ってことは、とうとう独立したの？

「ここは小山田さんのお祖父《じい》さまの持ち物で。格安で借りているの。知ってるでしょ。小山田文吾《ぶんご》さん」

小山田文吾といえば、何度か大臣にもなったことのある大物政治家だ。今も政界のご意見番として活躍している。あの地味な編集者が、そんなお嬢だったの？

噂をすればなんとやら。紺のニットにジーンズを穿いたご当人が紅茶を運んできた。

「ご無沙汰しております」

髪を団子にして、相変わらず化粧気がない。でも、言われてみれば、物腰に育ちのよさが滲み出ている。シンプルなニットも物がよさそうだ。

小山田が隣に腰を下ろしたところで由美子が口を開いた。

「実はね、わたしたち、ブランドを立ち上げることにしたの」

なにそれ、思わず耳を疑った。ブランドっていきなり言われても。

「ブランド立ち上げるって、由美ちゃんが？」

ええと由美子は弾むような笑顔で頷いた。

「雑誌はなくなってしまうけれど、読者は残るわ。だからこれからは、レコルト世代をターゲットにした新しいファッションを提案していきたいの。これ、行き当たりばったりの思いつきじゃないのよ。突然の休刊騒ぎで時期こそ早まってしまったけれど、ずっと前から考えていたことなのよ」

雑誌のイメージモデルはとてもやりがいがある仕事だったけれど、自分から発信できることは少ない。そこに限界を感じていた。クライアントとの関係など大人の事情も絡んでハイブランドのものを紹介し、セレブ・鮎川由美子というイメージが定着してきたのも本意ではなかったのだと由美子は話した。

「一年ぐらい前からかしら、仕事でもプライベートでも行き詰まりを感じてきて、もっとわたしらしさを大切にしたいと思い始めたの。ちょうどその頃、小山田さんから独立を考えていると聞いて……ねっ」

隣で相槌を打っていた小山田が話し始めた。

「わたし、もともとは服飾のほうに興味がありまして。美大でテキスタイルを専門にしていたんです。なぜか血迷って出版社を受けてしまったんですけど、この前も申し上げた通り、社のやり方に疑問を感じていて。『発信する仕事をやってみたい』

と目を輝かす由美子さんを見ていたら、昔の夢がぐぐっと膨らんできて。だったら新しいブランドを立ち上げてみましょうってことになったんです」

美大時代の友人も多いし、長くファッション誌をやっていたので、人脈には不自由しなかった。仕事の合間をぬって、デザイナーやパタンナーなど優秀なスタッフ探しをしていたのだと言う。

そういえば……。

「もしかして、由美ちゃんが『レコルト』の露出を減らしていったのも……」

独立プロジェクトの一貫？

由美子は小さく肩をあげて笑った。

「ご名答！　苑ちゃん、鋭いわね。あのときはまだ『レコルト』が休刊になるなんて思ってもみなかったから。辞めるなら、ちゃんと道筋を作ってと考えてたの。小山田さんから、誰かいい読者モデルいませんか、って相談されてたとき、せっかくなら、準ミスフォンつながりで苑ちゃんがいいんじゃないかと思って、あとはご存じの通りよ。ちょうど雑誌が出た頃に、東邦《とうほう》アパレルとの話が進んでいて……」

小山田が由美子の言葉を引き取って、続けた。

「以前から東邦アパレルの統括部長と親しくさせていただいていたので、話を持ちかけてみたら、向こうも大乗り気で『鮎川さんのブランドだったら是非うちで』と言ってくださったんです。その方、前々から由美子さんの大ファンだったたし、あの会社、若年層には人気だけど、レコルト世代になると、いまひとつ業績が伸び悩んでいたから。社をあげてテコ入れしていこうとしていた矢先で『渡りに船だ』と、とても喜んでくださったんですよ」

苑子は小山田の隣で優雅に紅茶を飲む由美子を見た。さすがカリスマモデル。「ブランドを立ち上げたい！」と言えば、大手アパレル会社がすぐに賛同してくれる。

東邦アパレルなら苑子でも知っている。百貨店やこじゃれたファッションビルの婦人服売り場には何かしら、この会社のブランドが入っている。そういえば、苑子がここぞというときに駆け込んでいたマドモアゼルジジも東邦アパレルの人気ブランドのひとつだった。

「ブランド名は『Muguet《ミュゲ》』」

ミュゲ？「なにそれ？」と顔に書いているのか、由美子は子供に教えるようにつけ加えた。

「ご存じだと思うけど、フランス語ですずらんという意味よ。花言葉は『幸せが戻ってくる』。わたしたちが提案する服を着ることで、女として満ち足りた気分になってほしくて」

由美子は手帳から、ベビーブルーの名刺を抜き取って、こっちに差し出してきた。うわっ、柔らかい。名刺の質感までいちいちおしゃれ。

〈Muguet　エグゼクティブプロデューサー　鮎川由美子〉と書かれている。

「今はまだ『レコルト』の撮影の合間をぬってここに通っているけれど、来月半ばに最後の表紙撮影が終われば、わたし完全にフリーになるの。小山田さんも今月末には会社を辞めるわ。そしたら、スタッフにも来てもらって本格的に動き出すつもり。ショップ展開を始めるのは来年六月。上質だけど、肩肘張らないリアルクローズを提案していくつもりなの。どうかしら？」

「ええ、すごくいい名前だと思う」

「やだわ、苑ちゃんったら」

由美子が肩をすくめた。

「そうじゃなくて、苑ちゃんがどうなのか。一緒にやる気があるかどうかを聞いたのよ」

「やる気って？」

「決まっているじゃない、この仕事をよ。だからわざわざご足労願ったのよ。苑ちゃんにはプレスをお願いしたいの。わたしたちと一緒に働かない？」

「そんな……急に言われても」

無理よ、無理。自慢じゃないけど、服のことなんて全然詳しくない。プレスって言われても何するかわからないし。毎月「レコルト」を隅から隅までチェックして、ネットや駅ビルでレコルトもどきの服を探し出すので精一杯なんだから。

「せっかく誘ってもらったんだもの。一緒に働きたいとは思うわ。でも、読者モデルとは訳が違うし。わたし、この方面には疎いから。お役に立てる自信が……」

「だからこそお願いしたいんです」

小山田が柔らかく割り込んできた。

「わたしたちが目指すのは、日々の生活を豊かで満ち足りたものにしてくれる上質なリアルクローズなんです。働く女性だけでなく、主婦たちのニーズにもきちんと応えていきたい。ファッションの世界ではなく、主婦の世界を知り尽くした苑子さんにリアルなご意見をうかがいながら、一緒に働いていきたいです」

なんだ。要するにフツーの主婦の生の声が聞きたいってことか。でも、言葉は使いよう、改まって「リアルなご意見」と言われると悪い気はしない。

「最初は外部スタッフという形でもいいの。でも、じきに忙しくなるから、できれば常勤という形でお願いできないかしら。勤務形態によってお給料は変わってくるけれど、読者モデルよりは確実にお支払いできるはずよ」

由美子が身を乗り出してきた。

「小山田さんとも話していたんだけど、清楚《せいそ》で可憐で若々しくて、苑ちゃんってミュゲのブランドイメージにぴったりなの」

あたしが由美子の立ち上げるミュゲのブランドイメージにぴったりだなんて、そんな、まさか。

乗せられている、くすぐられている。というか、話ができすぎている。由美子のことだ、これもまた何かの布石？　顔で笑って、心で腹黒いことを考えているのかもしれない。

「プレスってメディアに露出する機会が多いでしょ。言ってみればブランドの顔なの。半端な人には頼めないわ」

あー、でも……。NOに傾きかけていた心が一気にYESの方に引き戻された。

「メディアに露出」。なんて魅惑的な言葉なんだろう。

——「日々の暮らしを豊かに、をコンセプトにしたミュゲの上質ニットはフツーの主婦の目線から生まれました」(Muguet・プレス担当　山岸苑子さん)――新ブランドのニットを着てグラビアを飾る自分の姿が浮かんでくる。そう、あたしも由美子みたいに言ってみたかった。フツーの主婦じゃない立場でフツーの主婦って言葉を。

「そこまで言ってもらえるのなら、やってみようかしら。勤務時間とか、これから夫と相談しなきゃいけないけど、わたしにご協力できることがあれば……」

由美子の顔がほころんだ。

「よかった。引き受けてくれるのね」

笑顔を見る限り、心から喜んでいるみたいに思える。

「読者モデル出身のわたしが言うんだから間違いないわ。この仕事、絶対に、モデルよりやりがいがあるはずよ。早速だけど来週の水曜日、空いてるかしら?」

由美子はコーヒーテーブルの上で手帳を開いた。苑子もバッグから手帳を取り出し、ウォーターマンの万年筆のキャップを開けた。やっとリアルな予定がここに書ける! これが仕事の打ち合わせってやつね。

「ええ、その日なら」

その日じゃなくてもいつでも空いている。

「この日は午前中に秋冬もののサンプルがあがってくるから、チェックしたいんだけど、苑ちゃんも立ち会ってもらえるかしら」

ファッション業界は先の先を行く。今年も終わらないうちから、もう来年の秋冬のデザインを考えていなきゃいけないんだ。

「デザイナーのカワキタアカネさんも来るから、紹介するわ」

「カワキタさん？」

「川に喜ぶに田んぼの田。あかねは平仮名よ。小山田さんの知り合いで、セントマーチンズ出身なの。優しいフォルムと柔らかな布遣いに定評がある人よ。いくつかのコレクションも成功させていて注目のデザイナーよ」

〈11月20日　デザイナー川喜田《かわきた》あかね氏と顔合わせ〉と手帳に書き込んだ。

セントマーチンズってなんだっけ？　川喜田さんってどんな人だろ。

あとで検索してみなきゃ。

「サンプル品が出来上がったら、営業もかねてクライアントに挨拶まわりを始めるわ。最初はわたしも小山田さんも一緒よ。アポイントメントの取り方やマスコミ対応の仕方は小山田さんが教えてくれるから……」

由美子はきびきびと仕事の説明をしていく。展示会、ハコ売り場、仕入れロット。

聞きなれない言葉をメモしていく。

すごい！　いきなりお仕事モード全開だ。この胸の奥の方で何かが飛び跳ねている感じ。なんだか、すごく久しぶり。あたしの第二の人生が幕を開けた。

万年筆を走らせていると、コーヒーテーブルの上で携帯が震えた。

「ちょっと、すいません」

小山田が携帯の画面を見た。

「あら、ムナカタさんだわ」

お世話になっておりますと携帯を耳にあてがいながら小山田は立ち上がった。

「――はい、はい。そうでしたか。少しお待ちください」

ドアの前まで移動したところで振り返った。

「お話し中、すみません。ムナカタさんが急ですがお伝えしたいことがあるので、今からそちらにうかがってもいいか、と。ハシモトさんとすぐ近くにいらっしゃるそうで、五、六分後にはこちらに着くそうですが」

由美子は笑顔で頷いた。

小山田はムナカタとやらに、その旨を告げている。ところで、それ誰？

「東邦アパレルの統括部長さんよ。ハシモトさんはその部下でミュゲの担当。縫製工場との取次ぎや生地の仕入れをお願いしていて、来月からはこっちで仕事をしてもらうことになっているの。ちょうどよかった。苑ちゃんのことも紹介できるわ」

あら、そういえばと由美子は思い出したようにつけ加えた。

「名刺も作らなきゃね。とりあえず百枚。こちらで用意してもいいかしら」

「お願いします」

やったね。四十三歳にして名刺デビュー！　読者モデルよりワンランク、いやツーランクアップ。肩書きは〈プレス〉。ものすごくデキる女って感じ。

その昔、腰かけＯＬをやっていたときはお茶汲みとコピー取りがメインの仕事で、名刺なんて持たせてもらえなかった。総合職で入った同期の子が合コンでブランド品の名刺入れをチラつかせながら、気にいった相手に名刺を渡すのが羨ましくて仕方なかったっけ。

あたしも早く素敵な名刺入れ、買わなくちゃ。

「いけない、わたし、山岸さんに花房新社の名刺しかお渡ししてなかったわ」

小山田がよく使い込んだ緑の革の名刺入れを手にした。バッファローのマークがついている。これってイタリアの老舗のメーカーものだ。

「改めましてよろしくお願いいたします」

由美子と同じベビーブルーの名刺を抜き取ると、両手で差し出した。〈チーフディレクター〉という肩書き。ギョーカイっぽくてステキ。

「じゃあ、名刺は次にお目にかかるときまでに用意しておきます。わからないことがあったら、なんでも聞いてくださいね」

「本当にわからないことだらけなので、よろしくお願いいたします」

頭を下げたところでインターフォンが鳴った。

「あら、もういらしたわ」

小山田は駆け足で玄関に向かった。

広い部屋に由美子とふたり残された。

「仕事の件、引き受けてくれて、本当にありがとう。これから一緒にやっていきましょうね」

由美子が優しく微笑みかけてくる。

こちらこそチャンスを与えてくれてありがとうと言いながら、一寸先は闇、いや光だと思った。人生、何が起きるか本当にわからない。まさかあたしが、由美子の立ち上げた新ブランドで働くことになるなんて。

でも……。やっぱりちょっと気になる。なんであたしに声がかかったんだろう。

そもそもあたしたち、一緒に準ミスフォンに選ばれただけで、別に友達ってわけでもなかったし。このもやもやを抱えたまま仕事をするのは嫌だった。

苑子は紅茶をひと口飲んで、切り出してみた。

「ねぇ、ここだけの話――わたしたち、たいして仲良くなかったわよね。そりゃ、由美ちゃんのことはずっと覚えてはいたけど」

由美子の黒目がちの目がこっちを見ていたずらっぽく笑った。

「わたしもよ。苑ちゃんと真理恵ちゃんのことはずっと覚えていたけれど、友達じゃなかった。でも、だから声をかけたの」

「だからって?」

「この距離感がビジネスにはぴったりだと思うの。お互い聖泉出身で同じ時期に準ミスフォンに選ばれていたというのもすごく話題になるし、タイプもまったくかぶらないし。苑ちゃんとなら、仮面親友として、うまくやっていけそうな気がするわ。だって……」

ようやく本音をのぞかせたと思ったら、ノックの音がした。

ドアが開いた。小山田のうしろに男がふたり立っている。

「すみません。お忙しいところ、突然うかがいまして」

背の高いがっしりとした体格の男が入ってくるなり頭を下げた。

これがムナカタ部長か。隣の小太りの男も右にならえで頭頂部を見せる。こっちがハシモトさん？

東邦アパレルの社員というから、ロマンスグレーのおじさまがこじゃれたスーツ姿でやってくるのかと思ったけれど、ふたりとも拍子抜けするくらいフツーのおじさんだ。量販店にでも売っていそうなスーツを着ている。ネクタイも当たり障りがなさすぎて印象に残らない。これなら浩介のほうがセンスいいかも。

「構いませんよ。こちらもちょうど紹介したい人がいましたから」

由美子に促され、苑子も立ち上がった。

「こちら山岸苑子さん。わたしの大学時代からの親友で、プレスとして働いてもらうことにしたんです」

男たちは弾《はじ》かれたように胸ポケットから名刺入れを取り出し、名刺を差し出してきた。

えーっと、こういうとき、どうすればいいんだっけ。大昔の記憶を辿りつつ、上半身を少し傾けお辞儀をしながら、「頂戴します」と受け取った。

〈第二事業部統括部長・棟方久志《むなかたひさし》〉に〈第二事業部課長・橋本道明《はしもとみちあき》〉。

ミュゲのベビーブルーの名刺とは違い、印字も紙質もおしゃれ感ゼロ。「ザ・サラリーマン」という感じ。

「名刺がまだできてなくてすみません。山岸苑子と申します。よろしくお願いいたします」

心持ち上目づかいにレコルトスマイルを浮かべてみたけれど、男たちの表情は硬い。

あたし、なんか失敗したかしら。

「実は至急お伝えしなければいけないことがございまして」

どうしたんだろう。日に焼けた棟方の頬が引きつっているように見える。

「とりあえず、おかけください」

由美子に促され、ふたりはソファの前まできたけれど、座ろうとはしない。

「棟方さんったらどうしたんですか。橋本さんも黙ったまんま。なんだか畏《かしこ》まって、きょうは別人みたい」

「申し訳ございません」

突然ふたりは頭を下げた。九十度、いや九十八度くらいか。これ以上は曲がらないのではと思うくらい腰を折り、その状態で固まってしまった。

由美子と小山田が顔を見合わせた。

「なんなんです？　いきなり。おふたりとも顔をあげて、とにかく腰を下ろしてください」

いったい何が起きたというのか。由美子の柔らかな声の中にかすかな苛立《いらだ》ちが混じっている。

ふたりの男は、地肌が目立つ頭頂部をあげ、ようやく腰を下ろした。

棟方のぎょろりとした眼が由美子と小山田に向けられた。

やだ、なんか血走っている。

「今朝の緊急役員会でミュゲの件、白紙に戻ってしまいました」

「えっ」

苑子とほぼ同時に小山田が声をあげた。

「どういうことですか？」

由美子がテーブルに身を乗り出した。

「申し訳ありません。こちらとしましても、でき得る限りの努力はいたしましたが……。面目ない。会長の独断です。うちは今、社をあげてアンジュールをプッシュしているところだから、新たなブランドを立ち上げている場合じゃない、と一蹴されまして」

アンジュールって、聞いたことある。

でも、なんだっけ？　手元の手帳が目に入った。そうだ、このピンク。この前、美月が買い物したと言っていた、あれ。スマイソンの手帳のパクリみたいなショッピングバッグに書かれたシルバーの文字が浮かんできた。あそこも東邦アパレルがやっていたんだ。

「でも、うちとアンジュールとではターゲットもコンセプトもまるで違うじゃないですか。かぶりようもないのに」

訳がわからないとばかり由美子は首を振った。

「おっしゃる通りです。ミュゲとアンジュールとでは、ターゲットも路線もまったく違うと、わたしどももそのように申したのですが……」

本当に申し訳ございませんと、棟方がまた頭を下げる。

「どうしても会長の意向を覆すことができませんでした」

ついさっき、このブランドで働くと決めたばかりなのに。

なんなの、このジェットコースターみたいな展開は。体の芯から力が抜けていく。

「ふざけないでください。そんなことおっしゃっても、もうミュゲは動き出しているんですよ」

あの穏やかな小山田が声を荒らげている。

「デザイナーたちもやる気に満ちていて、来週には秋冬のサンプルがあがってくるっていうのに、それを今さら会長の気まぐれで覆すなんて……。それじゃ花房新社と同じ。冗談じゃないわ」

ほんと、冗談じゃない。

大声で怒鳴るかわりに、正面に座る小太りの橋本を睨んだ。垂れた眼が許しを乞うようにこっちを見る。

「橋本くん、例のものを」

棟方に促され、橋本はカバンの中から一冊の雑誌を取り出し、コーヒーテーブルの上に置いた。渋谷あたりを歩いていそうな安い女が分厚い唇を少し尖らせて上目づかいでこっちを見ている。

「こちらが新雑誌『アンジュール☆モア』パイロット版です」

小山田が雑誌を手にとってページをめくった。苑子は横目で中身を見る。表紙の女が巻頭のグラビアページで百面相のようにいろんな表情を浮かべている。何この女？　どれをとっても全然かわいくない。

小山田は不機嫌そうに言った。

「噂には聞いていたけど、今初めて見ました。これ社内でもまだ発表してないんですけど、なんで御社が？」

ぎろりとふたりの男を睨みつける。

「アンジュールのプロデュースをしている横川《よこかわ》さんが『アンジュール☆モア』のイメージモデルを務めることになりまして。いち早くこのパイロット版を入手したんです」

棟方が引きつった顔で答えている間、由美子は小山田から受けとったパイロット版の表紙をじっと見つめていた。

「これがアンジュールをプロデュースしているカリスマモデル……」

棟方はまた深々と頭を下げた。

「まっ、プロデュースと言っても肩書きだけなのですが。会社の恥を申し上げるようですが、このモデルの横川さんとうちの会長とは、その非常に親密な大人の関係でして」

それって要するに愛人ってこと？

「渋谷のショップで働いていた横川さんが、カリスマ店員としてメディアに露出し始めてすぐに代官山に開いたショップ。それがアンジュールなんです。おかげさまで売り上げも順調で二十代を中心に話題になっていたところに、花房新社さんから、今回のイメージモデルのお話をいただいたもので。ふだんは現場のことにはほとんど無関心な会長なのですが、今回ばかりは張り切っておりまして」

グラビアの衣装協力はもちろん、創刊号にはオリジナルトートバッグを付録につけ、タイアップしてアンジュールを推していくことが花房新社との間で決まっているのだと棟方は顔をひきつらせながら説明した。

「横川さんもステップアップのチャンスだと、かなり力が入っているんです。そこまではよかったんですが、極秘に進めていたミュゲの話をどこからか聞きつけてきて。新しいブランド作る金と暇があるんなら、もっとうちのに力入れて！　と駄々をこねた……というのが真相でして」

信じられない。苑子は「アンジュール☆モア」の表紙を見た。こんな安っぽい小娘のわがままでミュゲがなくなるわけ？

小山田が大きく息を吐いた。

「親密な大人の関係って、おたくの会長はたしか七十過ぎですよね。それがこんな小娘の言いなりなんですか」

橋本は小さな咳払《せきばら》いをひとつすると、また頭を下げた。

「本当にお恥ずかしい限りですが、ワンマン経営で知られた会長が唯一言うことを聞くのが、孫ほど年が離れた横川さん……というのは社内でも有名な話で、あの女、『影の女帝』と呼ばれておりまして」

バンっと小山田がコーヒーテーブルを叩いた。眼の前にあったティーカップが音を立てた。

「女帝でもなんでもいいから、どうにかしてください。棟方さんも橋本さんもひどすぎます。わたしたち、ここまで一緒にやってきた仲じゃないですか。なのに、なんでちゃんと説得してくれないんですか。わたし今月末、会社を辞めるんですよ。ミュゲにすべてを賭けてるんです。いったい、どうしてくれるんです。今、梯子《はしご》をはずされたら、たまらないわ。だいたい、あなたたち無責任すぎ……」

「落ち着いて。会長はワンマンで知られる方ですもの。花房新社と同じよ。これ以上、おふたりを責めてもどうにもならないわ」

由美子が制しても、小山田はドスの利《き》いた声で吠え続けるのをやめなかった。

申し訳ございませんという言葉を数え切れないくらい連発して棟方と橋本は帰っていった。

〈我々にできることはなんでもいたします〉と言っていたけれど、できることって何よ？　孫みたいな愛人に鼻の下をのばしている会長の気持ちを動かせないなら、何もできないのと同じだ。

思わずため息が漏れた。

さっきからずっと沈黙が続いている。誰も何も話そうとしない。

向かいの席の小山田は放心したようにソファに背を預けている。その隣で由美子は棟方に借りた「アンジュール☆モア」のパイロット版を食い入るように見ている。ページをめくる音だけがやけに大きく聞こえる。

また振り出しに戻ってしまった。

どうしていつもこうなるの？「レコルト」の読モの件でもそうだった。ようやくやる気になったと思ったら、突然、思いもよらぬところから力が働いて話が潰れてしまう。

もしかしてあたし、疫病神なのかしら。あたしと組もうとするとロクなことが起きない。

由美子がゆっくりと脚を組み直して言った。

「多分……ううん、間違いなく、横川って子にミュゲの話を吹き込んだのは鮎川だわ。この前、病院につきそって主治医の先生とお話したときも、ものすごくはりきって、何がなんでも、この『アンジュール☆モア』を成功させたいんですって息巻いてたから。ひどいでしょ。隣にはその新雑誌のために首を切られた元妻が座っているのに」

「アンジュール☆モア」の編集長って伸治だったんだ。

信じられない。あいつが黒幕だったのか。

「わたしも迂闊《うかつ》だったの。あの人、すごく嫉妬深くて一緒に暮らしていた頃は、わたしの携帯や手帳をのぞいたりしてたから。ミュゲへ向けた動きも把握されていたんだと思う。花房新社としてもジュニアが潰した『レコルト』の編集者とモデルがブランドを立ち上げるのは面白くないだろうし」

「でも、あなたたち、ちょっと前までは夫婦だったのに」

いくら、伸治が人でなしでも、別れた妻の門出を祝うのが筋ってもんじゃないのか。

「違うわ、苑ちゃん。夫婦だったからこそ、この仕打ちなのよ」

由美子は諦めたように笑った。

「向こうは、何があってもこっちから離婚を切り出すことはないってタカをくっていたの。だって、自分が鮎川由美子を育てたという自負があったから。ああいうタイプって自分の立場が崩れると豹変《ひょうへん》するの。わたしが黙って従っている間は守ってくれたけど、自分の意見を言うようになったらおしまい。掌を返したみたいに冷たくなったわ。そのうえ、まさかの三行半《みくだりはん》まで突きつけてしまったからプライドがズタズタになったんだと思う」

でもだからって、あんまりだ。

シンシン……、真理恵に紹介されたときから、こいつロクなもんじゃないとは思っていたけれど、まさかここまで器のちっちゃい男だったとは。

あんな陰険野郎をこのまま野放しにしていてもいいのか。

「とりあえず」と口にして、由美子は隣でうなだれている小山田の肩を叩いた。

「デザイナーやパタンナー、こちらで探したスタッフには事情を話して待ってもらいましょう。東邦アパレルさんに頼っていた工場まわりは、またイチから営業するしかないわ。何よりまずスポンサーを探さなきゃ」

やや間があった。由美子は自分に言い聞かせるように言った。

「秋冬のコレクションはちょっと難しいかもしれないけれど、再来年の春夏には絶対に間にあわせましょう」

苑子は伸治が編集長を務める「アンジュール☆モア」のパイロット版を見つめた。なにが悲しくて、こんな小娘にせっかくのチャンスを奪われなきゃいけないんだろう。

いったいなんなの、この子は？　カリスマ店員？　冗談じゃない。どこにでもいそうなギャル上がりの女じゃない。精一杯今っぽい表情を作ってはいるけど、つけ睫毛とアイラインとカラコン取ったら、ただのブスじゃ……。

あれ、ちょっと待って。前に真理恵が同じようなことを言っていた。もしかしてこの子って？

「この横川さんって人、下の名前なんていうんでしたっけ？」

小山田は、答えるかわりに「アンジュール☆モア」の目次を開いて見せてくれた。大きく眼を見開いた女の顔の右下にクレジットがある。

〈妃舞梨〉

ひまり。

待てよ、ってことは……。

「由美ちゃん、秋冬コレクション諦めるのはまだ早いかもしれない」

由美子が首を傾げた。

「どういうこと？」

小山田も不思議そうにこっちを見る。

えーと、何から説明すればいいんだっけ。とりあえず。

「その前にひとつお願いがあるの。実はね……」

あたしは疫病神なんかじゃない。いや、それどころかミュゲの救世主になれるかも！

苑子は身を乗り出して話し始めた。

20

アイラインで縁取られた切れ長の眼がじーっとこっちを見る。

「っていうか、苑ちゃん、ひどくない？　このところ連絡がないなぁーと思っていたら、あの由美子とつるんでいたなんて」

向かいのソファに座った真理恵は、はぁ〜と大きなため息をついた。

苑子は飲みかけていた紅茶をコーヒーテーブルの上にいったん置いた。真理恵のカップが空になっている。小皿に入れておいたクッキーもたいらげている。

真理恵が伸治と別れてから三ヶ月あまり。会わない間に苑子の身に起きたことを話していたら、あっという間に時間が経ってしまった。

「紅茶、お代わり淹れてこようか。それともコーヒーにする？」

真理恵は拗《す》ねた子供のように首を振る。

「いらない。ったく、なんなのよ。外では話せないって言うから、何事かと思って駆けつけてみたら……。あたしだけ除《の》け者だったなんて」

「だからぁ、誰も除け者なんかにしてないでしょ。さっきも話したじゃない。由美子のほうから誘ってきたんだって」

「だからって、黙ってることないじゃない」

真理恵はグロスをたっぷり塗った唇を尖らせ、苑子のお気に入りのクッションを抱きしめた。

「読モの件は黙ってて悪かったわ。でも、『レコルト』の読者ターゲットは主婦でしょ。独身の真理恵は無理なわけで」

「どうせあたしはバツ2のシングルですよーだ。良妻賢母が好きな『レコルト』にはお呼びじゃないんだわ」

「ほら、そうやってすぐイジける。だから言わなかったのよ」

苑子は真理恵の顔をのぞき込んだ。

「でも、ミュゲのほうは、すぐに話したじゃない。あたし、新ブランドを一緒に立ち上げないかって由美子に誘われたとき、すぐに真理恵のこと頭に浮かべたの。だってあたしたち所詮、元準ミスだもん。あたしと由美子だけじゃかっこつかないわ。やっぱりミスフォンテーヌナンバー1に輝いた真理恵がいなくちゃ」

真理恵の口許《くちもと》がわずかに緩んだ。よし、この調子。

本当のところ、由美子から新ブランドの話を持ちかけられたときは、真理恵のことなんてよぎりもしなかった。この元ミスフォンテーヌのことを思い出したのは「アンジュール☆モア」のイメージモデルが、妃舞梨《ひまり》だとわかってからだ。

あの日、真理恵を引き入れてみてはどうだろうと提案すると、由美子はしばらく考えてから頷いた。

〈……いいわ。よく考えてみれば、わたしと苑ちゃんは準ミスフォンだけど、真理恵ちゃんはミスフォンに選ばれたんだものね。ナンバー1に輝くだけの、何かを持っているのかもしれない。でも、わたし、あの人にはあんまり好かれてないみたいだから。どう口説《くど》くかは任せるわ。真理恵ちゃんに火をつけるのは、苑ちゃん、あなたよ〉

真理恵とのつきあいは長い。ツボは心得ているつもりだ。

「何よ、今さらそんなこと言ったって遅いわ。そのブランドの話、もう潰れちゃったんでしょ」

シャーベットオレンジの長い爪の上で光るスワロフスキーを眺めながら真理恵は言った。

「遅かないわ。あてにしていたアパレル会社が突然、降りただけよ。スタッフは全然諦めてないわ。来週には秋冬のサンプルも出来上がるの。ここで〝じゃ、や〜めた〟って投げ出すわけにはいかないじゃない。こういうときだからこそ、あたしも由美子も真理恵の力を借りたいって思ってるんじゃないの」

真理恵が探るようにこっちを見る。

「どうしたの？　やる気満々じゃない。今までの苑ちゃんじゃないみたい。別にいいじゃん、由美子の新ブランドがどうなったって。そりゃ由美子とその小山って女は、ショックだったかもしんないけど」

「小山じゃなくて小山田」

「どっちでもいいし。とにかく苑ちゃんには実害ないんだから、放っときゃいいのよ。やたらと熱くなっちゃって変なの〜。どういう心境の変化よ？」

たしかに、このままミュゲの話が立ち消えになったとしても実害を被るわけじゃない。

でも……。由美子や小山田に、一緒に仕事をしようと言われたときの胸の高鳴りが忘れられなかった。

時間にすれば二十分足らず。東邦アパレルの棟方たちがやってきて平謝りするまでのわずかな間だったけど、あんなにワクワクしたのは久しぶり、いや、初めてかもしれない。これからあたしの人生が変わる？　毎日が変化の連続？　喜びが後から後から溢れてきた。花の命は短くて、あとはただ枯れていくだけと諦めかけていたのに、未来は無限に広がっているように思えた。

あの感覚を味わってしまったら、もう、フツーの主婦には戻れない。

「心境の変化っていうか、目覚めたっていうか。由美子に誘われて素直に思ったのよ、あたしも働いてみたいなって。小山田さんってのもいい人みたいだし。そりゃ最初はとまどったわ。なんか裏があるんじゃないかとも思った。でもせっかくのチャンスだもの。これを逃す手はないような気がして」

なにがあってもミュゲを諦めたくはなかった。

「由美子とは仮面親友だけど、〝仕事〟って割り切ってほどよく距離をとっていけばいいわけだし。ねぇ、真理恵も一緒にやりましょうよ。ミスフォン出身者が三人揃えば怖いものなしよ。『レコルト』ファンだけじゃなくて、聖泉ＯＧもたくさん取り込めるわ。メディアに露出する機会だって、どんどん増えるわ」

あたしったら、けっこう口がまわる。プレスって天職かもしれない。

「由美子も言ってたけど、真理恵のそのゴージャス感はミュゲのイメージにぴったりなのよ」

襟ぐりが大きく開いたケリーグリーンのワンピースが真理恵の凹凸ある体にぴたりとまとわりついている。胸元にはゴールドの大振りのアクセサリー。このセンス、どう考えても、由美子のイメージしているミュゲとはかけ離れているような気がするけれど、ま、嘘も方便。今のミュゲには真理恵の力が必要なんだから。

「それに、さっきも話したように、あのシンシンが裏で糸を引いてるのよ。真理恵、悔しくないの？」

「そりゃ、いい気持ちはしないけど、去る者追わずよ。あんな男、もうどうでもいいわ。もともとたいして好きでもなかったし。ていうか、由美子の顔見てたら、かえって思い出しそうで嫌なんですけど」

真理恵はソファに背を預け、腕を組んだ。

よし、そろそろ切り札を使うか。

「真理恵、落ち着いて聞いてほしいんだけど」

「なによ、急に？」

「シンシンが編集長をやる『アンジュール☆モア』のイメージモデルって誰だと思う？」

「だから、そのアンジュールとかいうブランド立ち上げたカリスマ店員でしょ」

「それが……この女なのよ」

ソファの脇にあるマガジンラックから「アンジュール☆モア」のパイロット版を取り出し、コーヒーテーブルの上に載せた。

真理恵が身を乗り出した。ほぼ同時に、隣の家まで聞こえるんじゃないかと思うくらい野太い声が轟《とどろ》いた。

「ちょっと、これ、ひまりじゃん！　なにこれ、あり得ない。ていうか、あいつどーゆう神経してんの？」

あいつというのは妃舞梨なのか、シンシンなのか。真理恵はわなわな震えている。

「あたしもこれ見た瞬間、ひどいって思ったの。ねぇ、真理恵、この子ってあなたをケバオバって言った女よね？　なんであたしたちのミュゲがこの女に潰されなきゃいけないの？　おかしくない？」

おかしいもなにも、信じらんない。なに、この女、こんなブスのくせしてどこまで図々しいの。っていうか、シンシン、あの男……ひとしきり悪態をついたあと、真理恵は髪をかきあげ、宙を見据えた。

「やるわよ、苑ちゃん」

「真理恵！」

「あたし、この女にだけは絶対負けたくないの」

苑子は心の中でほくそ笑んだ。

やっぱり。そう来ると思っていた。

真理恵が伸治の病室で妃舞梨と出くわしたときの怒りは尋常じゃなかったもの。

〈このあたしが、あんな女に負けるなんて〉そう言って流したマスカラとアイラインが溶け込んだ黒い涙がいまだに目に焼きついている。

女は浮気した張本人の男より浮気相手の女のほうを憎むものだと、昔なにかで読んだけれど、本当だ。

やっぱり女の敵は女ってことかしら。

「そういえば、ねぇ、花房新社の相談役って聖泉のOG会長だって知ってる？」

「知ってるもなにも、美津代ママはゴルフ友達よ。いい人よ。シンシン経由で紹介されて、ジュニアも交えてコースをまわったことあるわ。ま、言ってみれば、あたしタイプ？　キレイだけど由美子みたいに鼻にかけてなくて、すっごいサバサバしてんの。何回かランチをしたこともあったし」

「さすが真理恵、大物キラーね」

そう、欲しかったのは、真理恵のこの華麗なる人脈。

その昔、名刺フォルダーをめくりながら、〈他のホステスと名刺ジャンケンしても絶対あたしが勝つんだから〉と自慢していただけのことはある。あとは夜の世界で鍛えた社交術＆おねだり術を思う存分発揮してさえくれれば……。

「真理恵のことだもの、アパレル関係にも知り合いたくさんいるはずよね」

そりゃいるわよ、と真理恵は余裕の笑顔を見せた。

「東邦アパレルぐらい大手の偉い人で、誰か協力してくれそうな人いないかしら？」

〈アパレル　大手　役員　太っ腹〉で検索中なのか、真理恵は頬に手をあてしばらく視線を宙に漂わせた。

「そうね、何人か心当たりはあるわ」

「すごい、さすが真理恵！」

「……多分、あの人でイケると思う」

勝利を確信したように頷いた。

「じゃあ、できるだけ早く、その人と連絡とってもらってもいいかしら」

「いいわよ、任せておいて」

そうだ、あたしも引き続き、がんばらなきゃ。妃舞梨が東邦アパレルの会長の愛人で、イメージモデルを務める新雑誌の編集長ともつきあっているらしいと美月に言えば、かなり興奮するだろう。あ、ついでに公称二十一歳だけど、四歳サバを読んでいるっていう小山田からもらった情報も伝えなきゃ。

「苑ちゃん、あたし、やるときはやるわよ。アンジュールには絶対負けないから。敵の敵は味方――、こうなりゃ由美子も同志ね。一緒に闘うわ」

やった！　ようやく真理恵がやる気を出してくれた。

真理恵は表紙で微笑む妃舞梨の顔を爪ではじいた。

「ったく、このブス？　大人の女舐《な》めたら、ただじゃおかないんだから」

闘志に燃える真理恵はぞくぞくするほどキレイだった。

21

リビングの時計は十一時をまわったところだった。

苑子はダイニングテーブルの上に置いたスタンドミラーに微笑みかけた。窓から入る淡く柔らかい光がメイクしたての顔を美しく極立たせる。

「はじめまして。プレスを担当いたします山岸苑子です」

小首を傾げて言ってみた。

うん、なかなかいい感じ。

傍らに置いたバッグの中には出来立てのベビーブルーの名刺が入っている。いよいよ、これを使う日がきた。きょうは新ブランド、ミュゲの今後が決まる、大事な一日だ。

小山田が徹夜で作ってくれた企画書を携え、あたしと由美子と真理恵のミスフォントトリオでアパレル最大手ワンワールドの大橋《おおはし》専務理事に会いに行く。

〈オーハシさんは前の店にいたときから、あたしの大ファンだったの。気さくなおじさまでさ、ミュゲの話をしたら超乗り気よ〉

先週の金曜日、真理恵は事務所に来て、由美子と苑子、小山田に向かって勝ち誇ったように言った。

〈鮎川由美子のキャラっていうよりミスフォントトリオに興味シンシンでさ。せっかくだから、三人揃って会ってみたいって〉

ワンワールドの人気ブランドをいくつも立ち上げてきた実績のある大橋専務理事は新ブランド設立については絶対的権限が与えられている。この商談はほぼ100パーセントうまくいくはずだと真理恵は太鼓判を押した。

〈その代わりといってはなんだけど、あたしもこれ名乗りたいんだけど〉

真理恵は由美子の名刺を指さして、自分も同格の肩書き〈エグゼクティブプロデューサー〉にしたいと言い出した。由美子はほんの少し眉根にシワを寄せたけれど、すぐに〈いいわよ〉と頷いた。

何はともあれ、たった一週間で東邦アパレル以上のビジネスパートナーを見つけるなんて。さすが、夜の営業部長。ヘッドハントしてきただけのことはあった。

真理恵といえば、一昨日の夜に、はしゃいだ声で電話があった。

〈ねぇ、ねぇ、きょうあたし取材受けちゃった。来週発売の「週刊ネクスト」に載るの。すごいでしょ。苑ちゃんのおかげであの女のことがネットで話題になってるじゃない。でさ、前にシンシンの記事を書いたフリーの記者があたしのところに来たから、あることないこと喋っちゃった。タイトルはね、『カリスマモデル妃舞梨したたかすぎる夜の社交術』。記事に出てくるシンシンの元愛人M子さんってあたしのことだから、楽しみにしてて。あの人が会社のお金で豪遊しまくっていたことバラしちゃったし。あ、もちろんミユゲのミユの字も出してないから〉

これで邪魔者も消えそうだ。このまま話が進めば、来期の秋冬コレクションもなんとか間にあう。成功したら、プレスに加えて「アドバイザー」という肩書きをもらい、服作りにも参加したい……なんて野心も生まれてきた。

とにかくきょうは粗相のないようにがんばらなきゃ。

苑子はもう一度スタンドミラーに微笑みかけた。鏡を持ち上げ、少し離してみる。うーん、悪くはないけど、一緒に行くのがカリスマモデル由美子と元ナンバー1

ホステス真理恵だからなぁ。このナチュラルメイクじゃちょっとインパクト弱いかしら。

もう少し下睫毛を塗り重ねてもいいかも。

マスカラのキャップを開けた。そういえば、目頭側に多めに塗るとキュートな印象になるって昔、「レコルト」に書いてあったっけ。

マスカラのコームを縦向きにしたときだった。

リビングのドアが開いた。

「なんだよ、また厚化粧して」

結衣がこっちを見てる。苑子は構わず手を動かした。息をつめて、マスカラのコームを目頭から目尻に動かしていく。

「きょう、大事な用事があるから、戻るの少し遅くなるかも」

「何時に出かけんの？」

一瞬、手をとめた。

「あと十分ぐらいしたら」

まったく。いつもは何を聞いてもロクに答えもしないのに、人が忙しいときに限って話しかけてくるんだから。

苑子は目尻の下睫毛をなでるようにしてマスカラを塗った。

よーし、右目完成。目力15パーセントアップ！　次は左目だ。

「三ヶ月だから」

「え、何が？」

マスカラを縦にして目頭から動かし始めたところで結衣がぼそりと言った。

「ニンシン」

はっ？

手がぶれて、マスカラが涙ぶくろの下にべっとりついた。

「なんて言った、今？」

結衣は頭の後ろを掻きながら、面倒くさそうに答えた。

「だから、赤ちゃんできたんだって」

赤ちゃん……。何の？　誰の？　赤ちゃんって何それ？

ちょっと待って、これは夢？

でも、夢にしてはこの動悸《どうき》、リアルすぎる。

息を整えながら、恐る恐る娘の腹回りに目をやる。きょうもスウェットのロングスカート。このところこればかり穿いていると思ったら……やだ、なんか少し膨らんでる？

「あ、相手は？」

口が乾いて、うまく言葉が出ない。

「ま、まさか拓海くん？」

「当たり」

冷蔵庫からミネラルウォーターを出しながら結衣はけろりと答える。

「だって、あんた、あの子とはつきあってないって言ってたじゃない」

「あんときはね。でも、今は今。来年一年休学して、入籍して産んだらまた学校に戻るから、よろしく」

「そ、そんな。待ってよ」

何言ってんの、この子は。休学とか入籍って、あたし、なんにも聞かされてない。何がどうなってんの？　心臓がバクバクする。落ち着け、苑子。いや、無理。

「そんな……ママは拓海って子の顔も見たことないのよ」

「別にママが結婚するわけじゃねぇーし。てか向こうのパパは大賛成だから」

「向こうのパパって……、なんで山本くんがあたしより先に知ってんの？」

「どっちが先でもいいし」

結衣は飲みかけのミネラルウォーターをズダ袋のようなバッグに入れ、肩にかけた。

「ちょっと待ちなさいよ、話まだ終わってないでしょ」

「ってか、急がなきゃバイト遅れるし。あ、拓海のパパが今度みんなで温泉行こうって」

「ちょっと結衣っ、待ちな……」

苑子が立ち上がったところで結衣はパタンとドアを閉め、廊下をすばやく駆けて行った。

手にしていたマスカラが、テーブルの下に落ちて転がっていった。


地下鉄の階段をとぼとぼ上がっていく。苑子は小さく切り取られた空を見上げた。すっきりと晴れ渡っている。

まったくこんな大事な日に……。

あの結衣が妊娠したなんて。まだ十九歳なのに。十九歳といえば、女の人生のスタートを切ったばかりだ。いろんな未来が待っている。なのに、休学して、入籍するつもりって……。信じられない、こんな大事なこと、今の今まで隠すなんてどうかしている。浩介が知ったら、きっと言うに決まっている。「おまえがついていながら、何やってんだ」

唇を嚙むとせっかく塗ったグロスが落ちてしまう。苑子は代わりにこぶしをギュッと握った。

あの子はいつだってそうだった。小学生の頃、バレエ教室を勝手に辞めたときも、高校受験で苑子が薦めていた女子校の願書を出さなかったときも、大事なことはいつだって事後報告。きょうみたいにあたしが忙しくしているときにぼそりと言って逃げるように出かけていく。こっちを説得する勇気もないくせに、姑息《こそく》な手段で自分の我だけは通していく。そんな子供のままで母親なんかになれるわけない。

出がけの結衣の電撃発言でマスカラが涙ぶくろについてしまい、最初から塗り直していたら、すっかり遅くなってしまった。腕時計に目を落とす。待ち合わせの時間は八分後に迫っている。

ちゃんと気分を切り替えなきゃ。国道246に沿って足早に歩いた。いつもはショーウィンドウをのぞきながら歩くオシャレな街並みもきょうは霞んで見える。

「苑ちゃん」

後ろから声をかけられた。

「どうしたのよ。今から大事な仕事だっていうのに、背中がなんか黄昏れてるよ」

真理恵が隣に並んだ途端、ふわっとクチナシの香りがした。あれ、また香水変えた？　この前、軽く由美子に注意されたせいか、きょうは匂いも控えめだ。白いレザーのトレンチコートが妙に似合っている。向こうからやってきたファーつきコートの若い女が秒速で真理恵のファッションチェックをし、退散していった。

「ううん、別に」

苑子はそれだけ言って二、三歩進んだ。いや、やっぱり駄目だ。このまま、ひとりで抱えておくには荷が重すぎる。

「真理恵、こんなときになんだけど、あたしもう……。聞いてくれる？　うちの結衣が、妊娠しちゃったの」

「マジで？　あ、ってか信号、点滅してるし。渡っちゃおう」

横断歩道を小走りに渡り、ハイブランドの路面店が並ぶ通りを歩きながら、事のあらましを話した。うんうんと相槌を打っていた真理恵は軽やかに言った。

「なんだ。結衣ちゃんがそこまで決めてるんなら、別にいいじゃん」

「よかないわよ。いきなり入籍なんて」

「なに言ってんの、自分だってデキ婚だったくせに」

言われてみたら、そうだけど……。

「あれとこれとは話が違うわ。あたしは大学卒業してたし」

「結衣ちゃんが十九歳ってだけで、結婚と妊娠、順番が入れ替わってんのは同じ。結衣ちゃんも産みたがってるんだし、大学だって辞めるんじゃなくて休学するって言ってんでしょ。だったら、なんの問題もなし！」

苑子は風を切って歩く真理恵の横顔を見た。そんな他人事《ひとごと》だと思って……。

「嫌よ、あたし四十四歳でおばあちゃんになっちゃうのよ、そんなの耐えらんない」

「あら、その若さでおばあちゃんなんて、それはそれで新ブランドのウリになるかも。由美子と相談して、これから若いグランマのためのファッションも手掛けましょうよ」

「そんな、こっちが落ち込んでるのに、冗談言わないで」

「やーね、あたしはいつでも本気よ。あ、ここだ。へぇ、けっこうデカい会社じゃん」

目の前にガラス張りの高い建物がそびえ建っていた。これがワンワールド本社ビルか。

「苑ちゃん」

それまでヘラヘラしていた真理恵が急に真顔になった。

「あたしたち、もう動き出したのよ。後戻りはできないわ。結衣ちゃんのことは結衣ちゃんのこと。プライベートで何があっても仕事になったら、ちゃんと気持ち切り替えて。苑ちゃんだって、これからもうひと花もふた花も咲かせたいんでしょ」

切れ長の大きな目がきりりとしている。

これが真理恵のもうひとつの顔？

四半世紀のつきあいになるけれど、こんなまともな説教してくれる真理恵は初めてだ。

「ほら、あなたプレス担当なんでしょ。私生活は引きずらない！　これ働く女の鉄則よ」

きっぱりとした風が吹いてきた。

結衣のことでカッカしていた頭を冷やすのにもってこいの冷たさだった。

苑子は乱れた髪をなでつけた。

家に帰れば、妊娠問題できっとまた結衣と揉《も》める。でも、それはそれ。今は頭を切り替えなきゃ。あたしは変わる。専業主婦も専業母も卒業して、一生モノの仕事をすることに決めたんだった。

「あまりのことであたし動揺しすぎてた。ごめん、気持ち入れ替えるわ。あたし本気でグランマのためのブランドも考えるわ。目指すは東京マダムコレクション！　こうなりゃ、孫抱いてランウェイ歩いてやる！」

「そう苑ちゃん、その意気よ！　ってか、由美子は？」

真理恵は時計を見ながら言った。

「五分前にここに集合じゃなかった？　もう一分も遅刻してるんですけど」

「あ、来たわ」

向こうから、トレンチコートを着た由美子が小走りでやってきた。高いヒールを履いてるのに長年、モデルで鍛えてきただけのことはある。走る姿が様になっている。

「なんであの女が最後に登場なんだろう。重役出勤のつもりかしら」

真理恵が小声でささやいた。

「ごめんなさい。遅くなっちゃって。出がけに電話があって。実はね、昨日の夕方、花房新社の相談役が事務所にいらして……」

由美子は風で乱れた髪を整えながら言った。

「花房さんが?」

なんでまた急に?　苑子の隣で真理恵は感心したように頷いた。

「美津代ママったら、さすがいくつになっても行動的ね」

「ええ。あんまり突然で驚いたわ。『レコルト』の件は、本当に申し訳なかったって、わざわざ謝りにきてくださったの。一度は任せてきっぱり会社から身を引いたけど、ジュニアの暴走見てたらあんまりだから、次の任期でまた社長に復帰するらしいわ。そのときにはジュニアは平の取締役に降格させるそうよ。ありがとう。真理恵ちゃん、花房さんに、いろいろ話してくれたのね」

「どういたしまして。美津代ママにめちゃめちゃ美味しい近江牛のステーキのランチ、おごってもらっただけよ」

真理恵はにやりと笑った。ワンワールドのことで飛び回っていると思っていたのに、いつの間に花房新社の相談役とランチしていたんだろう。

「あの気難しくて有名な花房さんがマリリン、マリリンっていうから誰のことかと思ったら、真理恵ちゃんのことなんだもん。苑ちゃんの言う通りね。真理恵ちゃん、すごい人心掌握術」

マリリンって……。

　真理恵はまんざらでもなさそうに頷いた。

「それでね、花房さんに、鮎川伸治のことは、どうしてほしい？って訊かれたの。『もう関係ない人なのでお任せします』って答えたけど、それでよかったかしら」

「もちろん。ってか、鮎川伸治か。そんな男もいたわよね。もう、過去の人だもん。路頭に迷おうがどうしようが、知ったこっちゃないわ」

「同感。それよりさっきの電話。今回のことですごく迷惑をかけたから、お詫びに社をあげて、ミユゲをバックアップしてくださるそうよ。今晩、編集局長を家に呼んで、『レコルト』の最終号で二人のインタビューを載せるように取り計らってくださるんですって」

「ほんとに？」

「やったね」

　真理恵がピースサインを作り、笑みを浮かべた。

「いよいよミスフォントリオデビューか。でも、ここで気を抜いちゃダメね。苑ちゃん、もうミユゲは動きだしてんのよ。あたし、やるときはやるわよ。苑ちゃんも本気出してくれないと首にしちゃうから。いい？　これは女の意地をかけた闘いなの」

「ええ。あたしもめげてる場合じゃないわね」

そうじゃないと、このふたりに置いていかれちゃう。

「なんのこと？」

由美子が小首を傾げた。

「ううん、別に。大事な日だから気合い入れなきゃねと思って」

そうだ。ここがあたしのがんばりどころ。ミュゲのプレスとしての初仕事。これからのあたしの人生がかかってるんだから、ちゃんと目の前のことに集中しなくっちゃ。

「じゃ、行きましょう。なーんか、ミスフォン思い出しちゃう。久しぶりに三人揃った大舞台だもん。はりきっちゃうわ、あたし」

真理恵の言葉に頷きながら、由美子が言った。

「気づいてた？　きょうは十一月二十八日。あの日から二十四年も経ったのね」

目の前のビルは、陽の光を受け、プラチナ色に輝いている。ミスフォントリオはゆっくりとワンワールドのエントランスに足を踏み入れた。

白とグレーを基調にした本社ロビーは吹き抜けになっていた。

軽く会釈すると警備員の頬が途端に緩んだ。
すれ違うスーツ姿の男たちが振り返る。
正面からやってきた若いＯＬが羨望の眼差しでこっちを見ている。
苑子は心持ち顎を引き、背筋と膝を伸ばして一歩、また一歩踏み出す。
あれ、あたしったら、いつの間にかセンター歩いている。
三人の靴音が小気味よい音を奏でていく。

解説

青木千恵
（フリーライター・書評家）

アラフォー、つまり、アラウンドフォーティー。

二〇〇八年の「ユーキャン新語・流行語大賞」の大賞にも選ばれている、四十歳前後の主に女性を指す言葉だ。

「お若いですねー。とてもそんな年齢には見えませんよ」と褒められているのかどうか、微妙な言われ方をするアラフォー女性。

いつまでも若く美しくありたいけれど、寄る年波は手ごわい。

〈花の命は短くて……。これが四十三歳の現実なのか〉

と、本書で主人公の苑子《そのこ》も焦《あせ》っている。

〈花の命は短くて　苦しきことのみ多かりき〉という言葉は、作家、林芙美子《はやしふみこ》（一九〇三―一九五一）による短詩だ。〈女性を花にたとえ、楽しい若い時代は短く、苦しいときが多かったみずからの半生をうたったもの〉（『デジタル大辞泉』）。

絶世の美女でなくとも、女性は若い頃は「花」と言われてちやほやされる。

それがいつの間にか……。

本書は、もうひと花咲かせたい、「アラフォー」の女たちを描いた、長編エンターテインメント小説である。

セレブな街として知られる「二子玉川《ニコタマ》」の〝近く〟、築十六年のマンションに暮らす山岸《やまぎし》苑子は、四十三歳になる専業主婦だ。大学生のひとり娘から〈最近デブすぎ〉と言われるほど、腰のあたりにたぷっと嫌な厚みがつき、体は知らぬ間に老いつつある。「更年期」について調べたついでにパソコンで検索するのは、「鮎川由美子《あゆかわゆみこ》」の名だ。〈なぜ、この女のことが知りたくなるのか。自分でもわからない。今の惨めさとあの女の充実ぶりを比べてみたくなる。我ながら悪趣味だ。わかっているけれど、指は勝手に〈ゆみこ〉と打ち込む〉――。

今は夫にも娘にも適当に扱われる苑子だが、実は名門の聖泉《せいせん》大学を卒業しており、「一九八九年ミスフォンティーヌコンテスト」で準ミスに選ばれたほど愛らしかった。二十四年前の一九八九年十一月二十八日、天下の聖泉の〝ミスフォン〟に選ばれてステージに立ったのは、苑子を含めた三人だ。

一位のミスフォンに輝いたのは、河西真理恵《かわにしまりえ》。苑子とともに準ミスだったのは、神林《かんばやし》由美子である。それから二十四年、三人の中でもっとも劇的な「変身」を遂げたのは由美子だ。あんパンのような丸い顔をしておどおどとステージに立ち、あきらかに〝三番手〟だった由美子は、高給で知られる大手出版社の編集者と結婚、いまやアラフォー向け女性誌『récolte《レコルト》』でイメージキャラクターを務めるカリスマモデルだ。逆に、〝センター〟だった真理恵は男運の悪さから二度離婚し、美貌を元手に熟女バーでホステスをしている。ナンバーワンホステスとはいえ、〈ミスフォン史上、いちばん浮かばれない女〉と自称している。

花の命は短くて……。苑子と真理恵の嫉妬と羨望《せんぼう》の対象が由美子だった――。

専業主婦、熟女バーのホステス、カリスマモデルと、それぞれの道を歩んでいた三人の人生がやがて交錯したとき、何が起こるのか？　嫉妬、羨望、張り合いと、とかく女の戦いはドロドロしがちだ。ところが、本書はかなり楽しい痛快作である。なぜか？　エンタメ小説としての魅力を挙げると、まず第一は「設定」そのものの巧さである。

語り手は、真理恵、由美子に比べると、あきらかに「フツー」の存在の苑子である。ただし、苑子の内心には「普通より上」の自負がある。名門大の出で、天下のミスフォンで準ミスに選ばれた経歴の持ち主だからだ。

なんとか「もうひと花」返り咲きたいとひそかな野心を抱く、苑子の葛藤とエナジーが、まずは真理恵のエナジーと共振し、物語の推進力になっている。〈そう、あたしも由美子みたいに言ってみたかった。フツーの主婦じゃない立場でフツーの主婦って言葉を〉――。

本書を読みながら、今の世の中で「フツー」とは何か？　どんなタイプなのか？と思った。読者モデル、カリスマ主婦、カリスマ店員など一般人がカリスマ化する現象をみていると、だれもが主人公。いちばんフツーな苑子を主人公にしている設定が巧い。

ライバル心は、うまく行けば切磋琢磨《せっさたくま》につながる（こともある）。

本書の魅力のふたつ目は、時流に即した「題材」のよさだ。「四十代女性向けファッション誌」「四十代カリスマモデル」という、前世紀の日本にはなかったモチーフを取り込み、「アラフォー」という流行語が生まれた時代をうまく掬《すく》いとっている。

次々と創刊される商業誌は、時代を映し出す鏡だ。苑子らがミスフォンに選ばれた一九八九年、日本はバブル期にあたり、若者を取り巻く社会は花やかだった。一九八〇年代の「女子大生ブーム」の時代には、「ＪＪ《ジェイジェイ》」（光文社）「Ｖｉ Ｖｉ《ヴィヴィ》」（講談社）「ＣａｎＣａｍ《キャンキャン》」（小学館）といった二十歳前後の若い女性をメインターゲットにした雑誌が部数を伸ばした。女子大生らが雑誌に登場し、いわゆる〝読モ〟のハシリとなる。

彼女たちが卒業して社会人になると、女性の生き方が多様化していく。従来の主婦向け雑誌とは異なる、三十代女性をターゲットにした女性誌が登場し、『ＶＥＲＹ《ヴェリィ》』（光文社）『Ｇｒａｚｉａ《グラツィア》』（講談社）『Ｄｏｍａｎｉ《ドマーニ》』（小学館）などが九〇年代後半に続々創刊された。

そしてさらに、二〇〇〇年代に創刊されたのが『ＳＴＯＲＹ《ストーリー》』（光文社）『Ｐｒｅｃｉｏｕｓ《プレシャス》』（小学館）といった四十代向けの女性誌だ。いつまでも若々しくきれいな女性たちがトレンドをつくり、「アラフォー」「美魔女」という流行語も生まれた。

本書は女性誌を題材にしたことで、トレンド感たっぷりのストーリーが読める。

さらにもうひとつの魅力は、〝敵〟に立ち向かう「バトル小説」の趣向である。二十四年前、ミスフォンのステージに立った同級生三人は、会わずとも互いを意識して「負けるのは嫌」と思っている。三人の間だけでなく、浮気男や若くて性格の悪い女など四十代女性にとっての〝敵〟が現われ、マウンティングされて嫌な目に遭う。それ以前に、ひたひたと忍び寄る老いや更年期に悩まされる、さまざまな「バトル」が読めるのだ。

女性の社会進出が進んだとはいえ、日本はまだまだ男性社会だ。一九八〇年代は女子大生ブームだったが、その後一九九〇年代にやって来た女子高生ブームは、男性側の需要にあわせて生まれたのではないだろうか。

〈三十五を過ぎたあたりから、苑子は自分の年齢に関して、「まだ」と「もう」を使い分けてきた〉。揺れ動く四十代女性の前に現れる、〈二十五歳以上は女じゃない〉を口癖にする男、〈そこそこ派手な女なら出会う者選り好みせず〉愛人にする業界人。彼らは自分の価値観と欲望に忠実なだけだが、男性であることにあぐらをかいていて、四十三歳の女性の目線で見ると「敵役《かたきやく》」だ。強きを助け弱きをくじく人物は現存するので、これぐらいシッカリ書いてもらえると小気味よい。

著者の越智月子《おちつきこ》さんは、一九六五年生まれ。早稲田大学在学中からライターとして活躍し、二〇〇六年、短編集『きょうの私は、どうかしている』で小説家デビューした。デビュー作は、雑誌業界で働く四十前後の女性の視点から、恋愛、仕事、家族と向き合い、揺れ動く内面を描きだしていた。

越智さんの小説を読んでいると、ああ、自分には描けないなあと思わされる。現代の女性の葛藤や本音、関心事をしっかりと抉《えぐ》り出《だ》し、描き切ることのできる人だ。私はもともとはずれ者で、細流に生息するホトケドジョウのようなタイプなのだが、越智さんは海と河川を行きつ戻りつできる強靱《きょうじん》なタイプだと思う。私なら逃げだすようなところにも向き合い、本流も傍流も両方を見つめて、描き切る。だからこそ、苑子、真理恵、由美子という三者三様も、男性も年代の異なる同性も描きわけ、痛快作に仕立てているのである。

四十歳前後の頃を振り返ると、悩んで、あがいたなあ、と思う。

漫画、映画、小説に浸りこみ、オタク街道を突き進んで女子大生ブームから遠く離れた場所にいた私も、やっぱり若い頃は女性誌を買って読んでいたし、特に四十前後はあがいた。今回、解説を書くことになり、引っ張りだした蔵書がある。武田《たけだ》久美子《くみこ》著『武田久美子という生き方』（小学館）、黒田知永子《くろだちえこ》著『キレイグセ』（講談社）、ほか美容関連の本……。

つまり、なるべく若々しくいたいと思うのは、女性の習性なのだろう。競争するつもりはなくても、シワやシミはやっぱりいや。

そんな女性の内面を、本書で越智さんはしっかりと見つめている。女性の社会進出が進み、男女に能力差がないことはすでにあきらかだ。若々しくいたい、生活を高めたいという女性の習性は、向上心、やる気、バイタリティであり、世の中にとってもプラスになるはず。ただ、自分にとって都合のよい価値観を押しつけて来る人がいて、葛藤する人間模様と物語が生まれるのである。

そういえば、四十歳前後であがいた私だが、五十代にはとてもすんなりなれた。四十代の頃は若かったんだなあと思う。逆に言うと、これからの人生の中で今がいちばん若いのだ。我慢しすぎて徒花《あだばな》にならないよう、フツーに生きていきたいものである。

越智さんの小説も変化している。

本書は、越智さんが絶妙な設定で描きあげた痛快作だ。ぜひご一読ください！

*引用文献

『マザー・グース1』

谷川俊太郎・訳　和田誠・絵　平野敬一・監修（講談社文庫）

春なのに（P.8）

作詞　中島 みゆき　作曲　中島 みゆき

JE T'AIME MOI NON PLUS

Words & Music by Serge Gainsbourg

WE ARE YOUNG

Words & Music by Nate Ruess,Andrew Dost,Jack Antonoff and Jeff Bhasker

YOU'RE BEAUTIFUL

Words & Music by James Blunt,Amanda Ghost and Sacha Skarbek

JASRAC　出 1713603-701

単行本『花の命は短くて…』　2014年実業之日本社刊
文庫化にあたり、改題しました。

実業之日本社文庫　好評既刊

阿川大樹
終電の神様
通勤電車の緊急停止で、それぞれの場所へ向かう乗客の人生が動き出す――読めばあたたかな涙と希望が湧いてくる、感動のヒューマンミステリー。
あ13 1

青柳碧人
彩菊あやかし算法帖
算法大好き少女が一癖ある妖怪たちと対決！「浜村渚の計算ノート」シリーズ著者が贈る、数学の知識がなくても夢中になれる「時代×数学」ミステリー！
あ16 1

伊坂幸太郎／瀬尾まいこ／豊島ミホ／中島京子／平山瑞穂／福田栄一／宮下奈都
Re-born はじまりの一歩
行き止まりに見えたその場所は、自分次第で新たな出発点になる――時代を鮮やかに切りとりつづける人気作家7人が描く、出会いと〝再生〟の物語。
い1 1

乾 ルカ
あの日にかえりたい
地震の翌日、海辺の町に立っていた僕がいちばんしたかったことは……時空を超えた小さな奇跡と一滴の希望を描く、感動の直木賞候補作。（解説・瀧井朝世）
い6 1

池井戸 潤
空飛ぶタイヤ
正義は我にありだ――名門巨大企業に立ち向かう弱小会社社長の熱き闘い。『下町ロケット』の原点といえる感動巨編！（解説・村上貴史）
い11 1

池井戸 潤
不祥事
痛快すぎる女子銀行員・花咲舞が様々なトラブルを解決に導き、腐った銀行を叩き直す！　テレビドラマ「花咲舞が黙ってない」原作。（解説・加藤正俊）
い11 2

実業之日本社文庫　好評既刊

草凪優
堕落男《だらくもの》
不幸のどん底で男は、惚れた女たちに会いに行く――。堕落男が追い求める本物の恋。超人気官能作家が描くセンチメンタル・エロス！（解説・池上冬樹）
く61

草凪優
悪い女
「セックスは最高だが、性格は最低」。不倫、略奪愛、修羅場を愛する女は、やがてトラブルに巻き込まれて――。究極の愛、セックスとは!?（解説・池上冬樹）
く62

草凪優
愚妻
専業主夫とデザイン会社社長の妻。幸せな新婚生活のはずが…。浮気現場の目撃、復讐、壮絶な過去、ひりひりする修羅場の連続。迎える衝撃の結末とは!?
く63

草凪優
欲望狂い咲きストリート
寂れたシャッター商店街が、やくざのたくらみによりピンサロ通りに変わった…。欲と色におぼれる不器用な男と女。センチメンタル人情官能！　著者新境地!!
く64

今野敏
潜入捜査
拳銃を取り上げられ「環境犯罪研究所」へ異動した元マル暴刑事・佐伯。己の拳法を武器に単身、暴力団壊滅へと動き出す！（解説・関口苑生）
こ21

今野敏
デビュー
昼はアイドル、夜は天才少女の美和子は、情報通の作曲家や凄腕スタントマンら仲間と芸能界のワルを叩きのめす。痛快アクション。（解説・関口苑生）
こ27

実業之日本社文庫　好評既刊

今野 敏
殺人ライセンス
殺人請け負いオンラインゲーム「殺人ライセンス」の通りに事件が発生⁉　翻弄される捜査本部をよそに、高校生たちが事件解決に乗り出した。（解説・関口苑生）
こ２８

今野 敏
襲撃
なぜ俺はなんども襲われるんだ――⁉　人生を一度は放棄した男と捜査一課の刑事が、見えない敵と闘う痛快アクション・ミステリー。（解説・関口苑生）
こ２10

近藤史恵
モップの魔女は呪文を知ってる
新人看護師の前に現れた〝魔女〟の正体は？　病院やオフィスの謎を「女清掃人探偵」キリコが解決する人気シリーズ、実日文庫初登場。（解説・杉江松恋）
こ３１

近藤史恵
演じられた白い夜
本格推理劇の稽古で、雪深い山荘に集められた役者たち。劇が進むにつれ、静かに事件は起きていく。脚本の中に仕組まれた真相は？（解説・千街晶之）
こ３２

近藤史恵
モップの精と二匹のアルマジロ
美形の夫と地味な妻。事故による記憶喪失で覆い隠された、夫の三年分の過去とは？　女清掃人探偵が夫婦の絆の謎に迫る好評シリーズ。（解説・佳多山大地）
こ３３

佐藤青南
白バイガール
泣き虫でも負けない！　新米女性白バイ隊員が暴走事故の謎を追う、笑いと涙の警察青春ミステリー！　迫力満点の追走劇とライバルとの友情の行方は――？
さ４１

実業之日本社文庫　好評既刊

佐藤青南
白バイガール　幽霊ライダーを追え！
神出鬼没のライダーと、みなとみらいで起きた殺人事件。謎多きふたつの事件の接点は白バイ隊員——？　読めば胸が熱くなる、大好評青春お仕事ミステリー！
さ４２

桜木紫乃
星々たち
昭和から平成へ移りゆく時代、北の大地をさすらう女の数奇な性と生を研ぎ澄まされた筆致で炙り出す。桜木ワールドの魅力を凝縮した傑作！（解説・松田哲夫）
さ５１

周木　律
不死症《アンデッド》
ある研究所の瓦礫の下で目を覚ました夏樹は全ての記憶を失っていた。彼女の前に現れたのは人肉を貪る異形の者たちで!?　サバイバルミステリー。
し２１

瀧羽麻子
はれのち、ブーケ
仕事、恋愛、結婚、出産——30歳。ゼミ仲間の結婚式に集った6人の男女それぞれが抱える思いとは。注目の作家が描く青春小説の傑作！（解説・吉田伸子）
た４１

田中啓文
こなもん屋うま子　大阪グルメ総選挙
大阪を救うのは、たこ焼きか、串カツか。爆笑と陰謀が渦巻く市長選挙の行方は!?　大阪B級グルメミステリー、いきなり文庫！
た６２

田中啓文
漫才刑事《デカ》
大阪府警の刑事・高山一郎のもうひとつの顔は腰元興行の漫才師・くるくるのケンだった——事件はお笑いの現場で起きている!?　爆笑警察&芸人ミステリー！
た６３

実業之日本社文庫　好評既刊

平安寿子
こんなわたしで、ごめんなさい
婚活に悩むOL、対人恐怖症の美女、男性不信の巨乳……人生にあがく女たちの悲喜交々をシニカルに描いた名手の傑作コメディ7編。（解説・中江有里）
た81

平安寿子
愛にもいろいろありまして
王道からちょっぴりずれた〝愛〟の形をユーモラスに描く傑作短編集。「モテない…」「ふられた！」悩めるあなたに贈ります。あきらめないで、読んでみて！

た82

知念実希人
仮面病棟
拳銃で撃たれた女を連れて、ピエロ男が病院に籠城。怒濤のドンデン返しの連続。一気読み必至の医療サスペンス、文庫書き下ろし！（解説・法月綸太郎）
ち11

知念実希人
時限病棟
目覚めると、ベッドで点滴を受けていた。なぜこんな場所にいるのか？　ピエロからのミッション、ふたつの死の謎…。『仮面病棟』を凌ぐ衝撃、書き下ろし！

ち12

堂場瞬一
チーム
堂場瞬一スポーツ小説コレクション
〝寄せ集め〟チームは何のために走るのか。箱根駅伝「学連選抜」の激走を描ききったスポーツ小説の金字塔。（対談・中村秀昭）
と13

堂場瞬一
大延長
堂場瞬一スポーツ小説コレクション
夏の甲子園、決勝戦の延長引き分け再試合。最後に勝つのはあいつか、俺か——野球を愛するすべての人に贈る、胸熱くなる傑作長編。（解説・栗山英樹）
と15

実業之日本社文庫　好評既刊

原田マハ
総理の夫　First Gentleman
20××年、史上初女性・最年少総理となった相馬凛子。夫・日和に見守られながら、混迷の日本の改革に挑む。痛快&感動の政界エンタメ。（解説・安倍昭恵）
は42

東野圭吾
白銀ジャック
ゲレンデの下に爆弾が埋まっている——圧倒的な疾走感で読者を翻弄する、痛快サスペンス！　発売直後に100万部突破の、いきなり文庫化作品。
ひ11

東野圭吾
疾風ロンド
生物兵器を雪山に埋めた犯人からの手がかりは、スキー場らしき場所で撮られたテディベアの写真のみ。ラスト1頁まで気が抜けない娯楽快作、文庫書き下ろし！
ひ12

東野圭吾
雪煙チェイス
殺人の容疑をかけられた青年が、アリバイを証明できる唯一の人物——謎の美人スノーボーダーを追う。どんでん返し連続の痛快ノンストップ・ミステリー！
ひ13

芥川龍之介、谷崎潤一郎ほか／末國善己編
文豪エロティカル
文豪の独創的な表現が、想像力をかきたてる。川端康成、太宰治、坂口安吾など、近代文学の流れを作った十人の文豪によるエロティカル小説集。五感を刺激！
ん42

あさのあつこ、須賀しのぶ　ほか
マウンドの神様
聖地・甲子園を目指して切磋琢磨する球児たちの汗、涙、そして笑顔——。野球を愛する人気作家が個性あふれる筆致で紡ぎ出す、高校野球をめぐる八つの情景。
ん61

実業之日本社文庫 お41

不惑《ふわく》ガール

2017年12月15日　初版第1刷発行

著　者　越智月子《おちつきこ》

発行者　岩野裕一
発行所　株式会社実業之日本社
〒153-0044　東京都目黒区大橋 1-5-1
クロスエアタワー8階
電話 [編集]03(6809)0473 [販売]03(6809)0495
ホームページ　http://www.j-n.co.jp/
印刷所　大日本印刷株式会社
製本所　大日本印刷株式会社

フォーマットデザイン　鈴木正道(Suzuki Design)

ISBN978-4-408-55396-2（第二文芸）